月老營業中

1 靈魂功課

懷疑論者的通靈觀察——原創

suncolor
三采文化

目　錄

序言

一場學習與體驗的奇幻旅程

哈囉，我是臉書粉專「懷疑論者的通靈觀察」的版主Vincent。

我的人生在二〇二二年的年初，就像是翻過書頁一樣，忽然進入了新的章節。

在那之前，我是一個崇尚科學的理工人，不相信這世上存在任何物理學解釋之外的東西；在那之後，我驚覺世界並不只有雙眼所見，原來在物理學涵蓋的疆界之外，有一整片無邊無際的未知領域。

會有這樣的轉變，是因為在那個時候，我當時的伴侶莫名其妙通靈了。

我所謂的「通靈」，指的是她忽然之間可以看見一般人看不見的東西，能夠聽見神明的話語，也能夠和我死去的親友對話。

她突然擁有這樣的能力，使我受到很大的衝擊，我一直以來奉為圭臬的世界觀崩毀了。一開始我很難接受，於是設計了各式各樣的實驗，想證明她的新感知能力只是出於幻想，但她一次又一次說出她不應該會知道的資訊（例如我從沒跟人提過的童年往事），或者講出明顯超出她個人認知的高智慧開示。

由於她完全沒有裝神弄鬼的動機，畢竟她自己的人生也因為出現通靈能力而天翻地覆，最後我再怎麼不情願，都只能接受這個事實。

從此，我的人生就開始了完全不同的篇章。

我想把沿途發生的事情記錄下來，於是創了一個臉書粉專，除了做為某種觀察筆記，同時也是替我因之而起的各種情緒找到一個療癒的管道。

至於我當時的伴侶，她的通靈能力發展得很快，並隨順因緣開始頻繁出入廟宇，替親朋好友的人生困境探問神明，我自己也跟著去過許多次。

我發現神明的回答總是充滿慈悲和智慧，我第一次領悟到，原來可以把人生視為某種學習及體驗的歷程，而這樣的視角也協助我過得更輕鬆自在。

但是婚姻無論如何都不是簡單的功課，即使對通靈人，以及她想要盡力給予支持的伴侶（也就是我）來說，婚姻還是有很多難以跨越的關卡。於是我們想到，不如藉由她的特殊能力，找掌管婚配的神明月老聊聊吧？

想不到月老除了給我們一些關乎個人的建議，還滔滔不絕說了很多有趣的事。我把這些關於姻緣的奇妙說法發表在粉專上，意外引起了不小的迴響，後來也成為你現在手上這本小說的故事原型由來。

雖然我和這位當時的伴侶，確如月老所預言，在學成彼此給予的功課之後就會和平分開（所以，她現在已成為我的前妻），但我因為這次人生的轉折而踏上的奇幻旅程，還遠遠不到結束的時候。

我還有更多的地方要去，有更多的故事要說。

也許哪天，我們路上見。

緣起——

「懷疑論者的通靈觀察」談月老系統

我們平常說的「姻緣」，通常解釋成兩個有情人終成眷屬的情況。但在《月老營業中》的故事裡、在月老的開示裡，不採用這樣的解釋。

任兩個人之間發生的愛情關係，不管是青梅竹馬、黃昏之戀，是在婚姻裡還是在婚姻外的，喪偶之後又梅開二度的，是同性間的、異性間的，還是小三小四小五小六，……總之各種愛情態樣，在月老說明的脈絡裡，我全都稱之為「姻緣」。

選擇這個用字或許不是很正確，我也只是方便起見，其實指的就是「感情緣分」的意思。

簡單來說，和我們一般的認知不同，月老並不真的只有職掌婚配，而是所有戀情的開展，都在祂的工作範圍。事實上，任何一種戀情，無論是否符合當代的道德標準，若是從靈魂的角度來看，全都是此生的功課。

若您能跟上這樣的說明，我們就可以開始了。

在一次奇妙的機緣裡，我和月老有了很多次對談的機會。月老跟我說，任兩個人的姻緣不能說是完全由祂所安排，其實是電腦（？）配對出來的，而祂要做的事，就只有看看電腦跑出來的結果，然後蓋章批准而已。

（請注意：神明在形容事情時，常常使用人類可以理解的方式來類比，不代表實情真是如此，所以不必太拘泥於神界竟然也有電腦。）

月老說，祂在蓋章前會負責把關，確保事情沒有太違背常理的發展；然後在批准之後，祂就會開始編寫劇情，像是設定故事發生的時間地點、勾選一些有趣的情境之類。

月老形容，這個過程就好像在用AI設計小說，只要把一些選項勾選起來，這些選項就會以某種方式在現實中發生。不過就連月老本人，也沒有辦法知道實際上的展現方式。

月老舉了一個例子，祂說自己可能寫下像這樣的劇情：「在一個浪漫的場景，一個人正需要幫忙的時候，另一個人適時出現。」寫完之後，祂就會在旁觀察，看看現實中的其他協助者，究竟會以怎樣的方式來實現祂所設計的劇本。

為什麼很多人對感情對象會有一種「冥冥注定」的感覺呢？原來是因為這就是月老的其中一個愛用老梗，會讓人覺得感情的發展有如神助，這樣大家才會常來拜拜，祂也就有機會近身觀察人類的想法。

月老有次還半開玩笑地哀嘆，雖說如果都沒有人來拜拜，祂還是會繼續做這些工作，但要是祂的努力都沒有人知道，還是會讓祂有種不知從何說起的感受。

我問：「是覺得有點寂寞嗎？」

月老回答，倒也不是寂寞，就好像你去水族館餵魚，但魚箱是不透明的，魚看不到你，所以不知道到底是誰在餵自己，就是這種說不上來的感覺。

月老又說，祂最喜歡編寫的劇情，就是「冥冥注定」、「遇見某人的預感」，或者是那種你想像很久的對象竟然真的出現，類似這樣的故事。

月老還提到，如果一個人有了新戀情，等到他回去廟裡向月老還願的時候，祂一定會問：「喜歡這個安排嗎？」只不過，大家通常聽不到祂的提問就是了。

感覺月老是真的很好奇人類對安排的感受。

我想，這大概也是一種「使用者體驗」調查吧！

在和月老進行的多次對談裡，月老主動提及人世間的姻緣可以分成七大類。祂鉅細靡遺地向我說明了各種類型，還同意我把這些事情書寫下來，所以看來並不是不可透露的天機，我在這裡也整理了月老的說法。

如前所述，在月老說明的脈絡裡，「姻緣」並不專指真正進入到婚姻的感情關係，而是各種戀愛關係都包含在內，不管合不合理，當然也不管合不合法。

事實上，就算真的結了婚的感情關係也不見得就是所謂的「正緣」，因為結婚也可以離婚，不是嗎？

關於月老開示的七種姻緣類型，首先**第一種是「個人意願」**類型的姻緣。

月老說，人只要想要改變生活、想要迎接新的生活，就會展開一個新的世界。所以如果正好有適合的兩個人都想要進入新的生命狀態，這兩個人就會被排進系統裡，透過電腦把他們配對出來，再交給月老蓋章批准，接著祂就會安排相遇的情節。

所以，任何人其實都可以隨著意願創造出新的感情事件，這件事本身沒有什麼限制。一個人可以選擇什麼感情都不要，也可以選擇要有很多感情，只要電腦能配對的出來，而且在月老的能力許可內，那就能辦到。

一般人去廟裡拜月老求到的就是這一種，而且月老大力推薦拜拜很有效，因為祂還是比較喜歡用正規的方式來做事。

月老又說明，姻緣對應到一個人的內在狀態，以及內在的開啟程度，各式各樣的感情關係就是在檢驗人處理感情的能耐，以及他們願意接受的挑戰。

月老這樣形容：人一生的感情，就好像去上地球村（對，祂真的說地球村），你可以選擇上一堂課就好，也可以選擇上很多堂課。有些人不喜歡太多的感情關係，但當然也有很多人喜歡複雜而繽紛的感情世界。

無論如何，這些選擇都反映了一個人的內在狀態，以及他個人的想望。

月老的角色就是幫忙看一下大家遞交的申請書，祂覺得可行就幫你打個勾，然後再去設計相遇的橋段。

其實這一種姻緣不是只有月老能處理，很多其他神明也能做到。但是月老自誇，別的神明寫出來的故事都沒有祂寫的浪漫。

接著，**第二種是「服務者結合」**。這種情況是，伴侶雙方對世界都有某種奉獻服務的使命，那麼神明就乾脆把這兩個人組成一隊，讓他們互相協助，把服務的效果最大化。

在現實中常見的實現方式，就是夫妻或伴侶從事同樣的工作，比如說在同一家公司或是同一個行業，而且雙方會維持一種在工作、生活和情感上都很緊密的關係。

我舉手發問，這種姻緣，就像是總統和總統夫人那樣的關係嗎?月老回答我說，沒有那麼大啦，通常就是一個公司或小店的老闆跟老闆娘，或者夫妻都是神職人員那樣。既然兩人都有服務的願，那就這樣安排，讓他們可以交流資源，在日常生活上又能互相照顧。這麼一來，他們想做的事情就能運作得更順暢。

第三種是「累世祈願」類型。這種屬於因緣相逢，是菩薩安排的實現。

比如說，你真的很希望跟某個人在一起，所以上輩子許下這樣一個願，那麼這輩子菩薩就圓你的夢，讓你們有機會一起經驗一些事，也藉由這個過程讓你的祈願做個完結。

這一類的姻緣通常比較短暫，可能會是在相對較短的一段時間內的能量交流，很快又分道揚鑣。

時間之所以短暫，是因為一旦時間長了，人就要開始做功課了；但這種姻緣不是一種功課，而是你之前種下的祈願種子在現世開出的一朵花，是一種「收成」。

雖然短暫，但這種類型通常是相當美好的情感（或甚至肉體）關係，分開後，彼此對這段感情也不會有什麼罣礙或想念，只會覺得是一段美好的人生體驗。

我知道你想問什麼，一夜情是不是屬於這種？我也很好奇，但我當下忘記問了。

第四種是「系統預設值」類型，也就是在個人出廠的「資料表」上面，一開始就被填好了某個人的名字。

這種類型到底是誰安排的，月老說沒人知道。而且不只月老不知道，祂說整間廟裡的所有神明，就連菩薩都不知道。對月老來說，這種就是無法變動的設定，想改也沒辦法改。

聽起來很浪漫，好像緣定三生，但是這種姻緣跟現實生活中是否幸福美滿其實並無關聯，只代表這兩個人是注定的，事情一定會發生，但是在一起之後過得怎樣，就完全是另一回事了。關係會維持多久，也沒有保證。

這一種姻緣的結果，有很幸福的，但也有互相毀滅的，當然也有跟其他人狀況差不多的。

總之月老對此所知不多，祂只知道這種就是無法變動的設定，理由不明。

再來是**第五種和第六種是「因果關係」**類型，這兩種概念基本上一樣，所以一起講。

這兩種是姻緣裡的最大宗，是神明在安排時的首要選項，簡單來說，就是把具有因果關係的兩個人湊在一起。由於每個人累世以來，都跟數不盡的人有各種因果，所以不怕找不到人選，對神明來說不太會出錯，是輕鬆愉快的工作。

但是因為配對出來的兩個人之間存在因果，所以這兩種姻緣都是功課型，兩個人會互相成為對方的難題。讓這樣的兩個人再次接觸，就有機會透過彼此學習自己的人生功課。

那第五種和第六種的差別在哪呢？差別在於當事人的意願，但我覺得這只是定義問題。

如果現在是其中一方去求姻緣，月老主動幫你從因果關聯人物中選出一個來跟你搭配，那就是第五種姻緣；如果有因果關係的兩個人正好都在差不多的時候求姻緣，那月老就順水推舟把你們湊成一對（反正你們本來就是因緣人），這就是第六種。

第一種「個人意願」類型當然也會考慮因緣，因為完全無關的兩個人其實也配不起來的，但是第五、六這兩類型的重點在於

「功課」。

換句話說，可能兩個人在關係的過程中都會有些痛苦，但痛苦正是重點，畢竟不經歷痛苦就學不到功課了。

聽起來很像婚姻，也的確是這樣，大多數人的婚姻都屬於這兩種狀況，相愛相殺，但也互相成就。更明確來說，表面上雖然是相愛相殺，但背後的目的終究是為了互相成就對方的功課（不過參與者通常沒有意識到這一點）。

這兩種姻緣通常會有一種常見的結果，就是當雙方都完成功課之後，他們就可以決定接下來的感情狀態，可能選擇終老，但當然也可能選擇分開。

不過，因為這時功課已經完成，就算分開，也通常是很平靜的。如果兩個人分開時可以是這種狀態，那就表示他們所學有成，值得恭喜。

第七種是「貓的報恩」（欸不是）。

這一種是為了報恩才出現的，比如說，一方在過去世曾經受過某種恩惠，那在這一世就以成為對方伴侶的方式來回報。

但是月老補充說明，隨著時代變遷，這個類型的姻緣愈來愈少了。因為用一輩子的時間來報恩，有點不符合比例原則，神明開始覺得這樣操作太過頭了（我忍不住想像祂們有一個業務檢討會議，這一題被拿出來投影在白板上討論）。

月老又說，現代的報恩需求通常都改用別的方式實現，像是朋友、親子、事業上的貴人等等，也有可能是寵物。

總之，報個恩就以身相許，也許真的是太累人了。

—♡—

全部七種姻緣的類型，就是這樣。

總而言之，月老說明了人世間姻緣的類型，祂會把符合特定類型的人湊對，安排相遇的情節，但遇見之後的故事仍然要看雙方的造化。

月老向我表達了好幾次，祂並不能安排整個故事的發展——一段愛情故事，其實是月老和故事主角雙方的「共同創作」。

以譬喻來說，月老的工作就好像是在撰寫一篇愛情故事的開頭，而後面的發展得由主角自行決定。

月老也和我聊到，雖然很多姻緣是祂安排的，但並不能反向推論世間所有的相遇都是祂的傑作。有些人就是會自己遇見、自己發展，從頭到尾都沒有祂的介入。

月老說，不是每件事都得靠祂，祂主要會進行的工作，是對應那些來到廟裡問事、祈求的人。既然你都到廟裡探問了，那麼月老就會去張羅一下，在資料庫裡調閱人選，並且做一點適當的安排。

事實上，除了還不認識的對象，月老也說：「如果你有某個已經認識的特定人選，那也可以來告訴我，直接表達你的意願，我就會花更多力氣來牽成你們。」

祂說明：「道理就像你去拜財神，也要跟財神明確表達自己想達到怎樣的財務目標一樣。」

我本來一直以為拜月老是在祈求還沒出現的對象，原來也可以指名某個已經認識的人，請月老牽成。不過這樣我就有疑問了，難道一個對你完全無感的人，被月老這樣牽啊牽的，就會突然愛上你嗎？

月老回答：「當然不是。如果不管誰來祈求我都應允，那麼世界就大亂了。最重要的還是個人的意願，雙方一定都要有意願，或至少是不排斥的，我才能運作。如果只有一方拚命祈求，但是另一方很明確地拒絕，那整個事情就會出現互相平衡的顯化。」（意思就是不會成啦！）

講到這裡，月老不知怎麼又讚嘆起來。祂說：「偶像劇好看就在這裡。有時在一個時間點無法發展的關係，或許會在別的時間點繞了一圈又回來；或許十二年後又重逢，雙方看彼此的感覺就不一樣了。

「有時是這樣子的，一方有願，但另一方還沒準備好，那你們可能就得繞一圈才能開始。」

我知道有人會問，如果雙方都有意願，哪裡還需要神明的協助？這樣問真是太天真了。這世上多的是雙方都有意願，但胡裡胡塗就錯過了的故事，不是嗎？

也有很多人好奇，為什麼自己一直求不到姻緣，那些一輩子都沒有姻緣的人又是怎麼回事。月老給我的罐頭回答就是「個人功課還沒做完」，但我總覺得這個回答好像搔不到癢處。

我不能代替月老發言，但我個人的看法是，感情的開展本來就不是很容易的一件事（所以人生這遊戲才好玩），有時，一個念頭的轉變就會造成完全不同的走向。而一個人在心態上是否真正做好準備，常常是連自己都說不清楚。

說到底，月老所創作的，只不過是愛情故事的開端而已，就像厚厚一本小說最開始的那幾頁。

而人類永遠都有自由意志，能決定要不要讓故事繼續，也永遠都可以，嗯，憑實力單身。

共勉之。

— 姻緣類型 —

1

個人意願

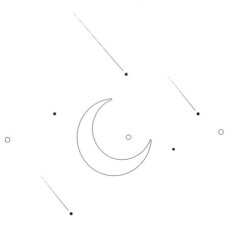

偶然與必然

牽成❤對象

焦慮型依戀人格 vs 恐懼型依戀人格

各式各樣的感情關係

都是在檢驗一個人處理感情的能耐

以及他們願意接受的挑戰

00

夜色迷離，大廟殿內，燭光裊裊香繚繞。

煙霧朦朧的木雕神像後，是人眼難見的神靈與器物。剛空降到此的月老實習生月小柴，對自己的新身分相當不滿。

「笑死，現在誰還拜月老？」瘦弱蒼白的少年郎哼道。他穿黃西裝外套，紫色緊身褲，奇裝異服得像隻孔雀。「交友軟體滑一滑就可以配對了，月老這麼落伍的身分，我拒絕。」

「但 True love 呢？True love 要靠咱月老。」時髦大叔樣的九爺說。

九爺是「月老集團」的資深神明，銀長髮束腦後，一身白西裝，長腿交疊，端著咖啡，浮於半空，走的是英國紳士風。

孫悟空有七十二變，各路神明也有大量分身。那些活時在人間立功者，死後按性情晉升神格，指派到各路神明底下服務人間。

「月老集團」協助的正是人間姻緣。

「所以求月老得到的姻緣是「True love，保證不分手？」

這個嘛……。「也是有可能分的。」

「See！那還求個屁，滑手機配對起碼有炮打。」

「你閉嘴——」一旁黑髯紅面的老爺爺聽不下去了。低俗！「將這廝拉去掌嘴！」

「欸，別跟孩子計較嘛。」九爺彈出咖啡杯，杯子於半空消失。他耐心跟小屁孩解釋：「是這樣的，滑手機是大海撈針，純碰運氣；拜月老呢，戀情就會『如有神助』。」

「問題是你看起來一、點、都、不、神！」

被新進實習生嗆聲，著實教老神氣惱。按理，將小柴鞭一鞭驅之別院都不過分，但在神界號稱有海量包容心的月九爺，只嘆了口氣。

「上頭派這麼優秀的實習生給我，我實在是擔當不起。」

「我才擔不起咧，落伍又老摳摳的『月老』身分，我不稀罕。」小柴瞥向威風凜凜的紅面關爺。「我寧願到關公那實習——」說罷，往那兒奔。

「滾！」關爺一吼，眾人震動。

這奇葩小柴剛入神界，不懂怕，竟還嘻地一笑。

「這是那把青龍偃月刀嗎？我看看——」動手取刀，關爺操刀就砍，血花炸開，小柴駭住，左掌斷在地上。

「啊——啊——」高舉斷腕的小柴尖叫，叫聲好比女高音，震痛在場「神」耳。

「噓……沒事，冷靜。」九爺拾起斷掌接回去。虛驚一場。「放心，死過了不會再死。」

雖然如此，但瞬間幻痛感還是有的啊！

「我知道，但這太暴力惹。」小柴倒在九爺懷裡抽搐，淚汪汪啜泣：「沒想到神界也霸凌我……。」

那是你嘴欠！不理小屁孩，關爺問九爺：「這傢伙就是最近很紅，被兩名月老退貨的小屁孩吧？說是再被退，就要撤除神格回人間輪迴了。」

九爺說：「看這表現被排擠很正常。」一看就知是個惹禍精。

關爺教訓他。「九爺慈悲收留你，還不快叫聲『師父』？」

剛遭斷腕之驚，小柴現在還躺九爺懷裡傲嬌呢。他淚汪汪地覷著九爺，委屈巴巴。「可是我對師父要求很高，你必須拿出點實力，我才能——」

砰！很好，額頭腫起。這次被酒杯砸。

「廢話這麼多，揍下去就對了！」關爺又出手了。

「衝動囉，關關。」九爺衝著關爺笑。

「莫叫吾關關！」關爺暴青筋，連酒瓶都想砸了。

見小柴瘦弱卻敢這般囂張，倒是激起九爺的好勝心了。他扶小柴坐好。

「說吧，要怎麼向你證明實力？」

「既然靠科技不如拜月老，我就問，如果是暗戀呢？求月老有用嗎？」

「有用。」

「月老怎麼幫？逼對方喜歡他？」

「那不行，神尊重人的自由意志。但……有一種暗戀，雙方都有意思，曖昧到天荒地老還是沒戲，總差臨門一腳、欠陣東風。這時，我們月老就是那一腳、那陣風。」

「那一腳幾時踢，那陣風怎麼吹？」不了解工作內容絕不冒險進工作單位，小柴做人做神都很有原則。

「首先，他們得來我這兒拜託，我們才能出手。」

「拜了以後會怎樣？」

「拜過以後，換我們上工。這麼好奇，就閉上嘴觀摩。你看——」九爺按住小柴雙肩，將他轉個方向。「這不就來了？」

神壇下方，站一高瘦男子，西裝筆挺，五官清俊，戴金邊眼鏡，相貌很斯文，正是月小柴的菜。

「真帥……」帥歐巴也需要靠月老？別鬧了。

01

人眼難見神跡，簡辛然不知自己已成眾神目光焦點。

這麼晚來拜月老，就怕讓熟人看見。他將一大盤蔥油餅擺上供桌。

「讚！」九爺豎起大拇指，相當喜歡。見他又獻上威士忌跟陳高。「啊哈！」九爺跟關爺擊掌，兩位酒友真樂也。

供品陳妥，燃香跪拜。簡辛然暗禱，求明燈指路，只因情字這路走得太混沌。報完出生年月日，他跟神訴苦。「我想知道跟助理戴美輪的姻緣，如果可以幫我配對，請賜聖筊——」

九爺饞著蔥油餅香氣，一邊查核。「戴美輪是嗎？」從懷裡掏出粉紅姻緣鏡，鏡面裂痕斑斑，閃爍起來。

「這什麼寶貝？」小柴湊近，九爺按住他的臉推開。推不動，小柴鑽入他臂彎內，瞅向鏡面。「長這麼普？」

鏡中是個相貌矮小的女子，蓬鬆鬈髮，小眼圓臉，皮膚白白，看著舒服但無亮點，像頭無害溫馴的小狗。

「嗟，還以為是大美女！」這麼普通，大帥哥卻愛到要求月老？小柴羨慕嫉妒恨。

咯噔，簡辛然擲茭了。

小柴喊：「陰筊啦……！」不想幫，戴小姐沒他眼緣。

筊兒撞上椅腳，滾到簡先生腳邊。凸面朝上，是陰筊！簡辛然怔坐在地，很受打擊。

且慢！九爺一彈指，筊杯抖幾下，其一筊，像有自己意志地硬翻過脊梁骨，一正一反。

聖筊？簡辛然振奮。這世上果然有神，我信祢！

他朝月老神明拜了又拜，歡歡喜喜離開。

小柴不解。「幹嘛幫？他們看起來又不配。」

「配不配不是你說了算。」

「那誰說的算？」

「來求月老的，只要感情對象符合七大類型，我們就可以幫。」

「哪七類？剛剛算哪一類？帥哥普女配？」

「問題真多，先上工。」他拎著小柴，像拎隻小雞般瞬間消失。

九爺嘴上嫌，動作倒是快，看來也是閒太久了，興致勃勃地配對去。

「感覺不太妙。」關爺火眼金睛捻鬚道，為九爺此行擔憂。那孩子看起來就是個闖禍精啊……。

—♡—

簡辛然大律師的感情路，是如何被逼到求月老？

他三十二歲，每日七點到早餐店「美莉優」排隊買早餐。雖是常客，但點餐內容變化無常，教老闆參不透。

「溫的無糖紅茶一杯。雞肉沙拉不要起司，小黃瓜多放兩份，不要美乃滋，加兩個全熟蛋。一份里肌豬肉三明治，不要胡椒、少鹽，煎的時候不要沾到太多油，絕不能焦。謝謝。」

在他身後排隊的大姐嘆息，老闆臉色不耐地在菜單加註。簡辛然面不改色，他有被討厭的勇氣。

稍後，這份餐點出現在「樂明律師事務所」戴美輪桌上。

美輪入座，打開餐袋，已習慣簡辛然日日送餐。

「本律所就妳這助理最大牌。」一旁的資深律助吳哥揶揄。

「都好夥伴，互相嘛。」她看向簡辛然辦公室，門關著。「幫一下。」

吳哥椅子一轉，瞅著簡律辦公室。「快！」

美輪拿出果糖朝紅茶怒擠，掀餐盒掏出自備美乃滋狂噴，扔掉空袋取出胡椒罐怒撒。完美！

「謝啦！」簡辛然精心準備的健康早餐，秒變她的「愛吃」早餐。

「每天這樣也不嫌累？你們好奇怪。」吳哥搖頭。

「好吃。」美輪吃得香。與其跟簡辛然辯論健康之道，不如省事點接受好意——跟簡辛然相處過的人都會認同。

戴金邊眼鏡的簡辛然，沉默時感覺陰沉，彷彿藏有滿腹心機，一旦笑了卻有股憨傻氣，害美輪每每見著便興起保護欲。可當他堅持的事被挑戰，眸似刀劍銳利，偏執起來像鱉咬住東西不放、執拗到底，千萬別挑戰他。

簡辛然有過敏性鼻炎，還有氣喘舊疾，每逢酒局，美輪會幫著擋酒。遇冬季見他噴嚏連連，她便取來吹風機，讓簡辛然坐下、仰頭，站他後方吹暖他鼻子，症狀速解。

「這招厲害，妳救了我！妳怎麼知道的？」仰望她，他咧嘴笑開像個傻孩子，那笑容融化了她。

「看書學的。」

日後遇到多雨潮濕日，美輪熬黑糖薑茶放保溫瓶給他。他發現薑茶也有奇效，緩和鼻炎。

「妳怎麼啥都知道？」又驚奇了。

「薑茶去濕寒，這很多人都知道啊。」怪了，他像沒被大人照顧過，專業知識頂，生活常識零。

飽受鼻炎困擾者，定知簡辛然會有多感激，因此某回出差經過「美莉優」，聽她提及這家早餐很讚，便日日排隊買給她，怕她吃膩還頻換餐點，但全部整成清淡口味。

美輪不愛，但退回去怕他傷心，丟掉又不捨，遂發展出這套應變模式。我們為什麼會怕對方傷心？當然是因為在意那個人。

全律所，美輪最不想讓簡辛然傷心。

吃完愛心早餐，戴美輪進茶水間幫簡辛然沖咖啡。她取研磨器確認刻度，開抽屜選豆子。下午開庭，嗯，沖中深焙麥索黑金磚，烏龍木堅果香，提神又不苦。秤好豆子，使勁轉動把手研磨，拿溫度計測水溫——八十五度，完美。簡律愛喝黑咖啡又討厭苦澀，水溫拿捏很重要。打開有機濾紙，鋪平咖啡粉，按下計時器，她穩穩地持壺，專注看水流傾落。注水快味淡，注水慢味澀，須小心流速。水勢緩慢注入，粉末膨脹如花，香氣漫開，她已經能想像他讚不絕口的表情。

美輪不喝黑咖啡，但喜歡看他啜咖啡，先抿一口，將杯子挪遠，凝視咖啡，再「唔」一聲地讚嘆。她早已摸透簡辛然偏好，以前他自己沖，現在全交給她。他誇她有天分，其實是她暗中做了許多功課。

「妳這助理也是，為簡律操碎了心。」潘所長踏入茶水間，見她小心翼翼沖咖啡，搖頭嘆氣。「這簡律就是個麻煩精。」

她又愛又恨。「我真怕我們律所再上一次『雷所名單』。」一登上這熱門社群，招員工聘實習生都難。簡辛然嚴謹，書狀證據常親自核實，還勤跑現場勘驗，加班常到深夜，容錯率極低，嚇跑一堆律訓實習生，害得樂明律師事務所榮登「雷所名單」。

當時九名律師共用三名助理，照理綽綽有餘，但只要分配到簡律，沒幾日助理便覺「吾命堪憂」。後來沒人想幫他，唯有美輪勇敢承擔。

「好在有妳。」潘所長欣慰地拍拍美輪肩膀，真菩薩也。

管他什麼精，美輪已收之。

每個上班日，她獻上讓他讚嘆的咖啡；曾飽受助理排擠之辱的簡律，每天也回以自覺完美的愛心早餐。律所人人吃瓜，賭他們早晚戀愛。

但金貴的日子在流逝，兩人單身如故。人間若有月老，見此溫吞感情條，恐也操碎了心。

—♡—

「春天髮藝工作室」位在商業區巷弄，設計師高春華長髮盤腦後，頸項纖美，白皙皮膚，身材高瘦，總是笑臉迎人，散發古典美人氣質。她技術精湛，從不推銷產品，因此深受附近上班族喜愛。

在這間工作室裡，年近八十的高爺爺顯得突兀。他喜穿唐衫，越老越娘還囉嗦成癮。

「爺爺，你今天又要去拜月老啊？」助理小夢邊掃地邊和高爺爺聊。

「對啊。」他氣喘吁吁地將買回的食物擺滿桌。「我要努力拜，阿華才能快結婚。妳也快去拜，不要老被壞男人騙。」

「有有有，爺上次給的地址我有記住——」

那邊鏡子前，高春華正幫簡辛然剪髮。簡辛然雙手盤胸，閉目養神，但被「月老」二字擾亂心情。

高春華去拿毛巾時，低聲唸了高爺爺幾句。「都說幾次了，不用幫我拜啦，迷信——」

「妳就是鐵齒，月老才不幫妳！」高爺爺突然嚷起來。「我迷信？我跟妳奶奶同一天拜月老，在廟外腳踏車撞在一起，就撞出感情了，妳怎麼說?!」

「噓，小聲點。」

「俺偏要大聲！」高爺爺手插腰，高聲喊：「妳奶奶跟我感情好，就是靠月老幫忙。妳爸咧？說是信基督不能拜，自己找對象結果就離了，妳不准說我迷信——」

「好好好。」春華趕緊摟住爺爺。「我是擔心你年紀大還跑那麼遠嘛。」

「爺爺，你拜這些都不是月老愛吃的。」小夢清點桌上供品。水蜜桃罐頭甜的，鳳梨酥甜的，糖果奶油餅乾都甜的。她拿出手機登入臉書，秀給爺爺看。「月老不愛吃甜的喔！」

「亂講，談戀愛要甜蜜蜜，當然要拜甜的。」

「爺爺，你沒玩臉書所以不知道，這個『懷疑論者的通靈觀察』粉絲頁很紅，常常傳月老訊息。」

「我看看……這篇都是月老講的話？」

「對啊！還有，月老討厭加工食品，最愛的是蔥油餅！」

「蔥油餅嗎？阿華、阿華啊！」

「簡律，對不起，今天太吵了，等等給您打八折。」春華跟客人道歉，但爺爺還在番顛。

「阿華呀，哪間蔥油餅好吃？快用妳常用的那個『夫配達』送來，我還趕著要去拜月老——」

稍後，簡辛然一離開春天髮藝，閃入一旁防火巷，迫不及待拿出手機，搜出高爺爺說的廟，記下地址。又登入臉書查看「懷疑論者的通靈觀察」月老傳訊篇，越看越皺眉。

他受過邏輯訓練，很難信這些，太扯了。

手機塞入口袋，哈啾，連打噴嚏。他抬頭，發現上方斑駁牆面的裂縫處，長出一蓬植物落地生根，爆出巨量粉紅小花蕊，害他狂打噴嚏。他拿出手帕掩口鼻，但看柔美花蕊垂墜而下，像一彎粉紅瀑布，纖纖隨風蕩。

很美，卻害他過敏。

他看著，有些恍惚。

他不願迷信，但又很困惑。

熱衷極簡的他剛到律所時，覺得那位有著一頭獅子般狂炸毛糙頭髮和圓圓小眼睛的戴美輪很礙眼，和她說話時，總怕被那頭蓬髮掃到。

她常常最後一刻才衝進律所打卡上班，喜穿好活動的淡色系棉衫寬褲，從不穿俐落的正式套裝，感覺沒規矩很隨便。但出乎他意料，這頭獅子辦事效率奇高，難道跟衣服好活動有關？她像行走的百科全書，搜集資料迅速確實，整理案情分析精闢，教高傲的簡辛然漸漸依賴起她。

當相處日子漸長，她就像這茂盛瘋長的野花，突破他心房，落地生根。

每回聚餐，她總是不顧旁人抗議，出面幫他擋酒。

「唉喔，知道妳喜歡簡律啦，怕什麼，我們又不會吃了他。」同事們愛揶揄她，她不否認，只是笑，搞得簡辛然都虛榮起來了。

她是喜歡我的吧？天天買早餐給她的我，回應得也算明顯吧？然而每當以為關係又更近了些，她卻會巧妙迴避，總是曖昧不明地跟他保持微妙距離。

直到前天——

簡辛然想不通，發生那種事，她怎能若無其事？

她的言行令他不解，月老能幫他嗎？

—♡—

戴美輪更崩潰。

「……所以我就『親』了他……但我沒有要和他交往啊！」凌晨一點，她縮在被窩，跟好友沈思齊講電話。闖禍了，心亂啊。「萬一他要跟我談那天的事，妳覺得怎麼說才好？我不希望他傷心，又不想他誤會我要交往，更不希望他覺得我隨便。」

「我就問，妳有伸舌頭嗎？」另一端冷冷道。

「沈思齊，這是重點嗎?!」

「是重點。法式熱吻會伸舌頭，屬於熱戀，如果是一般親吻——」

「停！跟舌頭無關，我一親下去就知道完了——」哪還輪得到舌頭？完什麼完。「放心，親一下又不會懷孕。」

「是不會，但他認真了！」

「當然要認真，如果妳不喜歡還親他，妳就是耍流氓。」

「那我也是為了救他才——」才一時失誤。

美輪嘆息。懊悔啊！她向來都控制得很好，嚴守距離，但那天官司勝訴，大客戶請吃飯。簡律玩遊戲一直輸，她俠義相挺擋酒，偏偏午餐沒吃，晚飯還沒扒幾口，烈酒一灌就暈了。

後來，她趁隙溜出包廂到露台吹風，哪知簡辛然會跟出來。

當天滿月，特會激發野性。一見滿月，狼都要嗥的，而美輪都單身六年了，星光、燈火、銀月亮，在如此魔幻氣氛中，簡辛然拿檸檬水給她。

「怪我，害妳喝這麼多，以後不要幫我擋酒了。」

美輪聽著，一雙小眼睛藏在亂髮堆裡，直直盯著他。因為他看來很內疚，因為她也欣賞他很久了。微醺恍惚時，他怎麼看起來更迷人了？她心悸，不吭聲，於是他更擔心了。

「沒事吧？不舒服嗎？來，喝點檸檬水。」握住她的手，簡辛然將冰涼涼的水杯塞入她掌心。

她啜一口，又一口。啊，清爽，真好喝，檸檬真香，更香是他身上木質調的古龍水味。

「這裡風大，冷不冷？」簡辛然脫下西裝外套裹住她，外套還殘留他的體溫。一裹進他的氣味，她更暈了。

他微彎身與她平視。「沒事嗎？怎麼都不說話？」

怪他用外套裹住她，害她想像被他擁抱，再加上那對關心她的黑眸以及暖心的口吻，他這是拿逗貓棒撩動興致勃勃的野獸。

美輪突然揪住他胸前襯衫，踮起腳尖親了他。

簡辛然怔住，還沒來得及回應，她便跑了。

是，她是「親」後不理，最好他也別問。成年人一夜情可以過後就忘，何況只是一個輕描淡寫的吻？

「我就嘴唇碰一下，這就要負責？不用吧？可以矇混過去嗎？」

「不可以。」沈思齊說：「妳這算是職場性騷擾，他可以告妳。」

「喂，法律我比妳懂好嗎？」

「好，我了解了。妳以為喜歡他所以親了他，親了感覺不佳所以後悔，希望他不當回事，最好忘記。」以上，醫師沈思齊分析完畢。

但事主否認。「不對，我是喜歡他的。」

「妳才不對！」沈思齊惱火。「瞎扯什麼?!既然喜歡他，他看來也喜歡妳，這不正好？」

「不好，我喜歡他，但我不要和他交往。」

「為什麼？」

「荷爾蒙不敵歲月。我們都過三十了，不能浪費在沒結果的人身上。」

「妳不試怎知沒結果？妳是會算命喔？」沈思齊的白眼快翻到腦後了。

「我知道他喜歡我，我們是曖昧很久了，但我怎麼想都覺得我們在一起絕對是個悲劇。既然這樣，不如別開始，這對他也好。我不是不負責的人。」

但妳現在的行為像渣女。

沈思齊越聽越不爽，淒涼地想到自己三十二了仍冰清玉潔；美輪起碼有曖昧對象，她沈思齊只能跟冰冷的刀台為伍，羡慕嫉妒恨啊！

「戴美輪，妳知道我條件這麼好，為什麼一直沒戀愛嗎？」

「有人追妳嗎？」沒聽說啊？

「不要亂畫重點，我是要罵妳，什麼叫真正的負責？不想跟人家交往，就絕不可以冒犯人家。不要說親，拉拉小手都不該。」像她，寧可冰清玉潔，不願水性楊花。

「喔。」她標準好高喔！美輪羞愧，感覺沈思齊像坐在遠得要命的制高點睥睨地教訓她。

「聽著，我建議妳負起責任。什麼結果悲不悲的，既然親了也喜歡他，就去交往看看，有什麼好糾結？不想認真又撩人家，我會以妳為恥。」

「問題出在我們不適合，不是普通不適合，是凶猛級的那種。」

「都藉口啦，說到底妳就是一時激情衝腦，親後不理。」沈思齊笑了。

「妳就是想太多又太小心，哪有那麼多好擔心的。」

「我能不擔心嗎？我爸媽就是血淋淋的教訓，我絕不能重蹈覆轍。」

「這話我都聽妳說到爛了，妳戴美輪是經過產道生下來，又不是複製貼上，妳要真能活出跟妳爸媽一樣的版本，我還服了妳。」

「妳不知道，他簡律就是個偏執狂，做事超認真。我如果沒想清楚就答應交往，萬一沒結果，不只浪費他的時間，還會搞砸關係，以後上班多尷尬，他又會多傷心。」

「妳在這邊怕來怕去，在我看來更浪費時間還內耗，腦細胞都不知死多少。妳的問題在我看來比芝麻還小，是在空轉自己浪費生命。」對於從小就是天才兒童，跳級上大學，身為神外最年輕的主治醫生，沈思齊確實有資格這麼說。「妳要是跟我一樣常給人開刀，就不會鬧到在乎這麼點小事。我沈思齊的時間很寶貴，不跟妳講了，我明天還要進刀房，睡了。」

「等一下，我還沒講完！我們不適合是因為——」

「妳親都親了，我該說的也說完了，妳想想自己渣不渣。」沈思齊掛電話，不想聽。

我渣嗎？美輪氣餒。唉，我有苦衷啊。怪簡律，怪他氣管弱還信奉極簡主義。她曾目睹他處裡囤物糾紛，那副鄙夷的口吻令她膽寒。

他對囤物者極厭惡。而她呢？看看她家什麼德性？

小套房內堆滿書，活像大書塚。她囤書，還都是容易誘發氣喘的老書，不是幾本，而是整間爆滿。

桌子是書籍堆疊造出來的，床鋪是書堆高後，鋪上被單成就的。她嘔心瀝血，經過多年努力打造出繭一般的家，寸步難行、出入困難。而她是裡面窩著的一隻蠶，在書繭裡幸福蠕動，不以為苦，但也絕不敢將這麼厲害的繭，亮給簡辛然看。

戴美輪就是簡辛然最痛恨的那種人，是要怎麼交往？

簡辛然熱衷於調整她的早餐，但私生活，她要自己作主。她絕不會讓自己像爸媽那樣，一時衝動就跟不適合的人結婚，相愛相殺，落得兩敗俱傷。

愛情甜美，但若愛錯，後患無窮。

所以——

我對你怦然心動，但我肯定不會愛你。不是每個人都嚮往被怦然心動的人日夜環繞。

—♡—

「只留下讓你怦然心動的人事物，這樣就能過上怦然心動的人生。」

這金句，簡辛然律師奉為圭臬。

除了辦公室精簡，他的大腦更擅長化繁為簡，複雜案件快速就理出脈絡，送給律訓晚輩們的見面禮，永遠是山下英子的書《斷捨離》。

他常提醒後輩：「當律師頭腦要清楚，靠的就是斷捨離。環境越清爽，腦子就越靈活。」

戴美輪也看過《斷捨離》，但有不同的看法。只讓怦然心動的人事物環繞自己？但怦然心動能動多久？人都喜新厭舊，很多的怦然心動，最後都經不起時間考驗，因為人們往往不夠認識自己。

而心動，變成心煩跟心痛，當初悸動、末了噩夢，戴美輪曾置身其中。

爸媽一見鍾情，衝動結婚，後因興趣不同，互相折磨吵不休。所以生活不能只靠怦然心動，結婚更是如此。一旦跟某人交往結婚，就難斷捨離，這一題極簡不了。

所以，她跟簡辛然沒未來，儘管對他很心動。

美輪深刻記得那回他們承辦租屋糾紛，租客是帶著幼女的單親媽媽，住到屋內堆滿垃圾跟雜物，房東破門而入，找人清潔反被告，急找簡辛然打官司。

當時，她跟簡律一起看房東給的照片，他厭惡的表情令她印象深刻。

「家裡堆成這樣都沒路走了，難怪離婚。這種人不配養小孩。」

美輪想到自己家，雖不髒，但書也堆到沒路走。簡律若見了，真不知要怎麼批她。

當下她心虛沉默，但他偏要問她意見。

「妳也覺得很恐怖吧？」

「也許那些東西對她來說有紀念性，所以捨不得丟。」當時的她對簡辛然還存有幻想，冒險地駁一句。

「戴美輪，妳記住，勤於斷捨離，才配談珍惜。就我多年觀察，會囤物的多半貪心濫情又不負責。我經手的罪犯好幾個家裡都這樣，有些還是殺人犯。遇到這類人，妳躲越遠越好。」

所以我淪落到跟殺人犯同等級？拜託您就別說了……。

「我家就沒一點雜物，我很清楚什麼對我最重要。」

「看得出來。」她微笑不跟他辯，反正沒戲。

「看妳做事可靠有條理，妳肯定也愛清爽的環境。」

「是。我家沒雜物，全都是珍惜的寶貝。」她睜眼說瞎話，反正不會讓他來。上班嘛，以和為貴，下班後俺就是王。

他們相視一笑。

「就知道我們是一路人。」

「好說好說。」

從此，她將簡辛然斷捨離，只在上班時喜歡，下班後不煩。不管在律所怎樣曖昧，旁人如何敲邊鼓，更不理他明示暗示甚至日日送早餐，她都當是一場美夢。一旦他聊起敏感的感情話題，她就裝傻耍笨迴避掉。

可憐的簡辛然，在喜歡的人面前力求表現卻弄巧成拙，自以為在炫耀專一，可聽在心儀的女人耳裡是魔考。

──♡──

山林一株野春櫻，安靜開在墨夜裡。

九爺跟實習生小柴蹲在櫻花樹前，瞅著立在泥地上的姻緣鏡。鏡面播放著簡律跟美輪的感情史，放送感情關鍵時刻，內心糾結以旁白呈現。

隨著雙方好感升降，鏡面下方紅色的「感情進度條」也跟著前進或後退。等雙方確認心意，伏筆全揭露了，進度條才達滿分。一旦達標，月老功成身退，後續發展靠他們自己。

看完他們的感情，接著要擬定「配對計畫」。

九爺問小柴：「你有什麼想法？」

「快瞎了。這沒保護貼嗎？」

「什麼？」

「我說這姻緣鏡沒有手機那種保護貼嗎？裂成這樣，我看到眼睛痛、不舒服。」小柴鏗鏗鏗地彈鏡面。

「等撮合的案數破千，我就能申請更新工具。」當神哪有那麼容易？

「還差幾組達標？」

「這你不用管。」

小柴瞇起眼。九爺面無表情。「看樣子還差很多。」小柴結論，摟住九爺肩膀安慰。「放心，現在有我會快一點。」

「是，我很高興，談正事吧。」

「我認為戴美輪的顧慮很正確，極簡跟囤物的一旦交往，大家都累，除非是當炮友。想認真的話，就要找個三觀合的。」

「這是你的看法？」

「嗯哼，早看出來他們不配，難度太高。我們幫簡律找別人？」

「如果人人都只跟三觀合的戀愛結婚生子，世界會變什麼樣？」

「欸？」這個嘛……。「離婚率會降低？」

「喜歡黑的只和黑的在一起，喜歡白的只和白的在一起，最後，黑的只認同黑的世界，白的只同意白的宇宙，他們生養的小孩也只熟悉父母的世界觀。然後呢？」

「然後怎麼了？」

九爺繼續說：「再發展下去，就會形成黑的族群跟白的族群，各自以自身族類為貴，永不會理解別的顏色有別的精彩。」九爺握住隨身的龍頭杖，往天際一劃，一方天幕呈現戰爭殺戮場面。「對於跟自己不同的不願理解，永遠只跟同類抱團取暖，敵視異類，多少戰爭就這麼來的。沒有『愛』，人們才暴力相待，惡性循環下，世界將越來越殘酷。」

他睿智的黑眸炯炯地盯著小柴。「別小看月老的工作。愛情是一種超能力。當愛情發生，人就有了超越自己的能力，好奇與自己不同，甚至陌生的對象。有的人因此理解，喜歡上跟自己不同的世界；有的雖不認同，但會長出包容心。愛使人無私，或改變或妥協或遷就自己，只為跟那人在一起。」

小柴不禁點頭。確實，「愛」就是這麼奇妙啊！

九爺說：「一個宇宙的美麗，變成兩個宇宙的圓滿。不費一兵一卒，就能膨脹擴張，包容差異。心愛之人所在處，就渴望永無干戈。所以，以『愛』黏貼、同化截然不同的人，成就的數量越多，世界將越包容，也越和諧。」

小柴驚呆。天啊，這麼有愛的話，竟是從這粗獷大叔嘴裡講出來，害他眼眶紅心酸酸。我也是異類，缺人欣賞包容；我以為的愛情，跟九爺的愛情一比，簡直膚淺。

小柴哽咽，激動道：「我懂了，讓差異大的人戀愛，世界就更和平。你這個觀點我愛死了！」

好說好說。「不過，有時好不容易湊了對，也確實挺快就分了。」

「啊咧……。」

「但想到初衷，我不後悔。」

小柴豎起大姆指。「擇善固執，跟我一樣。」

「所以我們算是達成共識，可以好好幫簡律了？」

「行。首先要怎麼做？」

「戀愛的先決條件就是天時地利。現在起，我們要常跟在他們身邊，製造戀愛時機。」九爺摟住小柴肩膀，將龍頭杖往林梢一劃，頭頂櫻花紛紛飄落，宛如一場粉紅雨。

「嘩……」小柴讚嘆。「超浪漫的！」

「像這種製造氣氛的工作以後交給你。」九爺打橫龍頭杖，遞給他。

「我……我可以嗎？」小柴雙手握住。好沉。

「以後你負責『場布』。這把龍頭杖可短暫操控大自然界，配合我們製造浪漫。」

「這麼重要的工具，要讓我負責？」之前跟過的月老們從不讓他碰神器，更別提像這樣直接交給他負責。

「我信你，你有天分，我很看好你。」有年輕人在，幹嘛還自己拿龍頭杖？這杖沉啊！九爺暗喜。

嗚……小柴抱緊木杖，感動噴淚。「終於有人看出我的藝術天分了！」得此重任，小柴淚湧。「場布我來，沒問題。」

「這個也讓你保管。」九爺又從袖內掏出玻璃罐，內有金粉。

「這什麼？」小柴搖動金粉。

「撒上金粉，人就會更勇於做自己，積極實踐夢想。」

「竟有這種寶貝，這也要讓我保管嗎？您果然不是一般的神，看得出我很有實力。九爺——」他抱住九爺。「我真的愛死你了。」

果然月老認真起來，想擄獲誰的心，都是彈指間的事啊！

月老箴言

001

吉

當愛情發生，人有了超越自己的能力。
愛使人無私，或改變或妥協或遷就，
喜歡上不同的世界，只為跟那人在一起。
一個宇宙的美麗，變成兩個宇宙的圓滿。

月下牽成

人間結緣

02

夕陽將天空染成橘紅色，下班的人潮淹沒台北街頭。

事務所內，簡辛然已訂好餐廳，決定下班約美輪吃晚餐，順便聊聊那天的事。他正走向她座位，見她接了通電話便興沖沖走了，臉上還掛著大大笑容。

這是急著見誰？真不是滋味。

戴美輪一接到王老闆電話，就興沖沖地下班。途中見簡律向自己走來，只覺苗頭不對，趕緊技術性看向他方繞道走，避開他。

「秋拾」書店專賣舊書，位在離律所步行僅十分鐘，一棟等待都更的老公寓二樓，有著狹長陡峭的窄樓梯。老長輩們定知道那是怎樣一座幽暗又充滿情懷的舊式樓梯，望之膽怯爬之戰慄，這麼有挑戰性，不是真愛不會來。

戴美輪只要進到充滿紙張油墨味的舊書店，就會想起已故的爸爸。擔任國文老師的戴瑁得過優良教師獎，沉默寡言，喜歡蒐集舊書，還會刻印章。他沉迷書海，喜將幼年的女兒圈抱在懷，放膝上陪看書。有時則放在桌面，讓她幫著給新買的書蓋藏書印，或陪著修補老書，黏貼白蟻啃壞的書頁。那是美輪記憶裡最暖的時光，被書本氣味跟父愛包圍。

媽媽小他十歲，活潑外向喜歡旅遊，對婚後育兒生活很不滿。當媽媽脾氣越來越大，爸爸就越來越沉默，家裡的書也越堆越高。

隨著書籍增加，空間限縮，媽媽的不滿也急遽膨脹。

「讓你暑假帶我跟女兒去旅行，你捨不得花錢就捨得買沒用的書，書比我們重要嗎?!」

「前年不是才去墾丁玩了五天？花了四萬多，我書再怎麼買也不用——」

「才多少你就心痛？別人還出國旅行呢！瞧你那窮酸樣。」

「明年再去吧，女兒認床，在外面睡不好，她最喜歡跟我看書了——」

「看個頭！戴瑁，你看家裡被書堆成什麼樣了！我出去就只是透口氣，不然你有本事買大房子啊？小裡小氣的，窩囊廢！」

同樣的事，三天兩頭就吵。

美輪記得九歲時，有一次爸媽嚴重爭執，隔天爸爸上班時，媽媽將他最愛的十幾落藏書丟給回收商。

「媽媽不行，那是爸爸最喜歡的，媽媽！」當時她跟在媽媽後頭求，沒能阻止，反而挨罵。

「就知道幫妳爸，再吵就連妳一起丟掉！」

她永遠記得那天傍晚，當爸爸回家時，發現最心愛的書都被扔了，瞬間驟冷的表情。但他沒罵媽媽，也沒抓狂。

對一個人徹底失望時，可能連罵都累。

好像是從那一天起，爸爸再沒跟媽媽說過話。

爸爸再也不收書，但身體像破了洞，敞著傷口。他總駝著背，龜在書房角落，對窗外發呆，用寂寞的背影懲罰妻子，對女兒也漸漸疏離，彷彿縮進誰也觸不到的黑暗世界。沉默是他的報復。

三年後，他急性胃出血，去世了。

後來媽媽再婚，賣掉老屋給女兒買了小套房，遠嫁溫哥華。

「找對象就要找跟自己興趣合的，不然就跟活在地獄沒兩樣。」媽媽無數次交代她，總說被爸爸傷透了心。

美輪從不跟媽媽提及自己真實的感受，怕她傷心。但其實她跟爸爸一樣，就愛書海，甚至被爸爸傳染，愛買書，更難敵老書魅力。

至今她仍記得爸爸親手刻的藏書印，總是妥妥地蓋在每本書末頁。

「櫛風沐雨，樂而不渝。——戴瑁珍藏」

她曾問爸爸這是什麼意思。他說：「就是任風梳著髮，任雨淋自己。這樣辛苦地到處蒐集書，我也快樂不後悔。因為這是爸爸最喜歡做的事，這些書全是爸爸的寶貝。」

午夜夢迴，美輪常想起那些被爸爸愛過的書們，而今流落何方？想著想著，心就酸酸的。希望有生之年重逢，帶它們回家，就像跟那個熟悉溫暖的爸爸又團圓了，就像能安慰那時心痛的爸爸。

正是這樣的因緣，讓她跟書商王老闆熟稔起來。

爬上窄樓梯，推開秋拾店門。鈴鐺一響，胖虎斑貓跳進美輪懷裡。

「東坡啊，真乖。想不想我啊？」她用臉蹭牠，貓咪綿軟好紓壓。

王秋實端咖啡過來，用下巴示意窗邊座位，那兒放著一疊老書。

「剛剛收的，我第一個就通知妳。」除了開店，他還經營臉書粉絲團，專收二手書跟代尋老書，美輪是元老級會員。

「謝啦！」她放下貓，接過咖啡在窗邊坐下，急翻每本書的最末頁。

「我都幫妳看過了，這批沒藏書印喔。」王秋實在她對面坐下。他們很像，都有張憨憨圓臉。他寬額濃眉大眼，常勞動的身板厚實，寬鬆白T恤，洗到褪色的藍牛仔褲，看來就是甘於平淡生活的好好先生。

沒藏書印不要緊，老書雖泛黃破損，她還是喜孜孜地翻了又翻，輕撫泛黃書頁。「這種早期活字印刷的已經很少見了。假如我全要，你算我多少？」

「給妳特別優惠價，五百。可是這麼多，有十五本，妳家還放得下？」他曾送書到她家，見過被書塞爆的套房。

這個嘛……美輪僅猶豫兩秒。「擠一擠，還行。」

「還是……書妳寄我這裡，妳想看就過來。等看膩了我再上架賣掉，這樣妳省錢又省了空間。」

「這不好意思吧，而且常常我下班都很晚了，你店都打烊了。」

「反正我很晚睡，我妹上大夜班的不怕吵，妳要來我都會等……。」講完，他的臉唰地漲紅，直紅到耳根。

等等，這麼遷就配合，美輪隱約嗅到什麼。以前王老闆對她好，她理所當然，因為自己是大戶，買過上千本書。但今天不太一樣，他的臉紅冬冬，額頭狂汗，眼睛不敢看她。

「妳不要跟我客氣——」王秋實吞吞吐吐。「我其實、其實，我一直……我很喜歡妳。」

美輪看他一告白完就慌亂低下頭，滿臉通紅。這可憐的老實人，緊張到好像快暴斃了。

王秋實雙手握緊，牙一咬，一鼓作氣說：「要不要跟我交往？」現在的他不只頭低得快碰到桌面，還汗如雨下。

人家都這麼混亂緊張了，戴美輪呢？她心情平穩地瞅著他，竟還能冷靜分析起來。

被告白了，還是書商老闆，更是個老實的好人，愛書愛到整家店都是書。這跟我豈不是絕配？根本天造地設，是求之不得的好姻緣。太棒了，這是我夢寐以求、心想事成的結果啊！

但——為什麼我不興奮？

我應該立刻說「好」，但為何我張著嘴，卻……說不出「好」呢？

看著他因緊張抿緊的嘴，她想到不久前親過的另一張嘴。

如果是王秋實，我親得下去嗎？美輪瞇起眼，湊近些，打量他的嘴。不都是嘴，那晚到底為什麼我會對簡律親下去？現在，看著這張比簡律厚的嘴唇，都說唇厚的男人重感情，可她怎麼不心動呢？這樣的她可以跟他交往嗎？

美輪想著，拿不定主意。怦然心動的那位，她告訴自己不能衝動，現在面對條件絕配的這位，怎麼還不行動？

王秋實見她靠過來，心想，這莫非是個信號？這麼近盯著他的嘴，莫非是在等、等他……親她？

好！雙手一握，臉湊過去，顫抖著把嘴巴嘟上去。

他幹嘛?!美輪猝地站起。「謝謝，我會慎重考慮——」

「美輪……，」王秋實急忙握住她的手，手心都是汗。「妳慢慢考慮沒關係，可是要知道我是……我認真，很認真的。」

「我知道。」她抽回被握住的手，掏出五百放桌上。「這書我全要。我先回去，改天談。」速速甩開購物袋，唰地全掃進去，扛上肩離開。

王秋實愣了一秒，追出門外。「我幫妳拿下去。」

「沒關係，我可以。」

「書很重，我騎車送妳——」

「不用啦我——」

結果腳一滑，美輪摔下去了。

「美輪——」急著要拉住她，王秋實一個踉蹌，也跟著摔下去。

美輪左臀重擊地面，痛到噴淚。王秋實摔下來，左邊頭側滲血了。

「王老闆？」她掙扎著要過去看他，可一動就痛爆。

這時，手機在長褲口袋震著，是簡辛然。

他還在公司加班。「東明的資料放哪裡？我找不到。妳到哪了，可以回來一趟嗎？」

「現在……不行……。」

「怎麼了？」

她呼吸好喘，聲音怪怪的。

「可以幫我叫救護車嗎？地址是……。」

—♡—

簡辛然飛快趕至，推開圍觀人群，見美輪跟一個頭側滲血的男子狼狽地坐在地上。他蹲在她面前打量。「傷到哪裡了？」

「我還好，他比較嚴重。」她拿自己的外套按住王秋實左額的傷處。萬幸他意識清楚，僅是額角裂傷，可能是被扶梯邊緣刮傷。

「我叫救護車了，但現在到處塞車要等等。什麼情況？」

「我們從樓梯摔下來……。」

王秋實虛弱道：「我沒怎樣，就是有一點暈……。」往美輪身上靠過去。

簡辛然惦量整個狀況，看來不嚴重，嚴重的是「他」靠美輪太近！他硬擠進他們之間，隔開兩位，蹲在C位，迅速拉開美輪按壓王秋實的手，取而代之幫按傷處。

這位就別管了，先打量美輪情況。

「妳摔到哪裡？」

屁股。但她尷尬，支支吾吾。「就都還好……不動的話。」

「很多碰撞當下沒事，第二天才嚴重。是左邊屁股撞傷了？」他注意到美輪詭異的坐姿。她左手撐地，盡量不讓左臀觸地。

這時，救護車來了。

簡辛然說明狀況，醫護人員忙替王秋實包紮，抬上擔架推入車裡，又過來扶美輪上車。

美輪拜託簡辛然。「可以幫王老闆把二樓店門關上嗎？裡面有貓。」她怕東坡溜出去了。

「知道了。」他將外套脫下，披她身上。「我幫妳通知家人，讓他們去醫院會合。」

「不用啦。我朋友是醫生，我等等會聯絡她。你快點回去休息，明天還要開庭。」

車門拉上，嗚笛遠去，人潮也散去。

簡辛然看著救護車消失，心懸著。那個王老闆和她什麼關係？他敏銳嗅到一點什麼，那男人也喜歡美輪嗎？見她拿自己的外套替他止血，感覺真差。

他們為什麼會在一起還摔傷？他好忐忑。

忐忑的不只他，還有人眼見不著卻一直在現場的月老們。

狹窄樓梯上方，店門前的窘迫小空間內，九爺面牆而立，強忍怒火。小柴觀賞樓下騷動，很是驚奇。

「原來王老闆的勇敢做自己就是去告白？嘖嘖嘖，辛苦他了，也不知暗戀戴美輪多久了？」

「你竟——」怒轉過身，九爺吼：「金粉又不是粗鹽，怎麼可以亂撒?!」

「我是要抹自己的。我也想知道我勇敢做自己會怎樣，是電風扇吹到王老闆那裡——」

「你還不夠勇敢做自己？你再更勇敢點，別人都沒活路了！」

「想不到金粉這麼威，現在變成三角戀了。好奇問一下，如果王老闆也來拜拜求你，你幫誰？」

「我們是當月老，不是在站CP！還有你沒長腦嗎？亂撒金粉！」

「我沒腦？」小柴一激動，蓮花指都比出來了。「我只是撒了金粉，你卻踢了戴美輪，她人都滾下去了，害王老闆也跟著慘摔。」

「都怪你亂搞，王老闆都告白了，我只好下猛藥。這是要幫簡律！」

「齁，踢傷她跟幫簡律有什麼關係？」

「你小小實習生憑什麼質疑我的安排？」吾豈愛踢人？吾不得已也。「再說她摔傷是好事，我是將她三年後斷腿的車關之災提早化掉，能量上還是平衡的，拿她以前累積的功德抵。」

「OK，Fine。那王老闆呢？摔心酸的？」

「他年底有劫，到九份收書會被坍塌的鐵架砸傷腦子，我是提早化災。但這都不是現在該討論的，你——」九爺怒戳小柴腦袋。「我們是來勘查戴美輪下班路線，結果你亂用金粉，害我回去得寫報告。金粉還我！」

小柴伸進口袋，瞠目驚呼。「不見了？」他拉出口袋內襯。「奇怪，剛剛還在啊？怎麼辦？」

「你……你……！」九爺指著他，手激動得都抖了。這廝真是……！

「金粉不見也要寫報告嗎？」

「是不用——」

「呼，還好。」

「但要關禁閉。」九爺心涼。甭幫簡律了，我自己都欠人幫啊！

「啊哈！」小柴從另一邊口袋掏出金粉，在他鼻前晃。「嚇到你了吧？哈哈哈哈哈，九爺別氣了，我知道錯了，笑一個？」

好累。九爺無言，毆打實習生犯哪條罪？手癢難忍啊！

—♡—

經急診處理，王秋實頭側縫八針，被趕來醫院的妹妹接回家。沈思齊陪戴美輪看診完，扶她走出醫院。美輪將整個過程說給好友聽。

「唉。」簡律不可能，王老闆也不行。「煩啊！」身體最誠實，親嘴都辦不到，戀愛可是要睡一起呢。

「別哀嘆了，骨盆又沒傷到，不影響生育。」

「生什麼生？老公在哪裡？妳走慢點，我痛死了。」

「我讓同事開給妳的是強效止痛藥，待會兒就不痛了。」

「謝啦。」

「一下親律師，一下又被老闆告白，妳桃花很旺啊！」看她駝背，一頭毛糙自然鬈髮，齜牙咧嘴地扶著屁股走，沈思齊忍不住一直笑。「妳現在真是魅力爆棚，我看著都心動。」

「我很痛……妳不要笑。」

「這點小傷躺兩天就好啦。怎樣，要答應跟王老闆交往嗎？那個律師咧？你們不是正打得火熱？」

「哪有，我跟簡律只是同事——」喔，大腿爆痛。「幹嘛掐我？」

沈思齊用力使眼色。美輪一震，感覺血液逆流。不會吧？她往旁邊一看，西裝褲；再往上看，簡律人不就站這兒，正鐵青著臉。

「你怎麼來了？」美輪尷尬一笑。「哦，我知道了。」她脫下披著的外套遞給他。「來拿外套的吧？」

他揮開外套，手勢很怒。

「妳好。」簡辛然跟沈思齊說：「我是她同事簡辛然，我來看看有沒有需要幫忙的。」

很關心她喔。「她休息幾天就好，我正要扶她去搭計程車。」

「我會送她回家。」

美輪急嚷：「不用！」

「太好了！麻煩你了，我還有病歷要看。她家地址是——」沈思齊交代著，順手就把攙著的美輪右臂挪向他。簡辛然好自然地接過攙扶。

請問你們有問過手的主人嗎？

沈思齊告辭。「走囉，我再打給妳。」

不准走！美輪用刀般凶狠目光暗示好友——妳敢撇下我試試！

但沈思齊不怕，交接完畢，瀟灑撤離。

「走吧，送妳回去。」簡辛然遞來拐杖。「猜妳可能需要這個。」

連拐杖都準備了？美輪感動。「謝謝，有心了。」

「比王老闆有心嗎？」

他果然全聽見了。

—♡—

車廂內，氣氛低迷。簡辛然若無其事地開車，心卻焦急著。

有人跟她告白？

而她那句「我們只是同事」，令他氣結。

看著車窗外風景，戴美輪的心更慌。等下怎麼阻止簡律扶她回家？要讓他看到我家，她人設毀、完蛋啊！

正心亂如麻，王老闆打來了。

她側身背對簡辛然，低頭掩著手機小聲講。

這迴避的態度讓簡辛然更火大。是那個人打來的吧？

「妳還好嗎？對不起，都是我自己不小心。」頭都摔傷了還不忘打來安慰她，就怕告白失敗。

「我沒事，你多休息，如果會嘔吐就要立刻去醫院。」美輪支支吾吾地應付著。

王秋實不忘再次申明。「那個……我說的交往的事，我等妳回覆。」

「好，我們改天談。」

還談什麼談？沒等她收好手機，簡辛然不忍了。「妳打算怎麼回？」

「嗄？」

「告白的事。」

「喔，等我想好再和他說。」

「想什麼想？要交往也是跟我，妳都親我了不是嗎？」

靠腰！戰力突然這麼強是怎樣？美輪唰地臉爆紅，轉過頭用力瞪著窗外，當作沒聽見。沉默是金，我要冷靜。

「戴美輪，我們交往吧。」再拖沒意思，曖昧已夠久，就不信她對自己沒意思。

美輪只想搪塞過去。「職場戀愛很麻煩。」

「妳擔心這個？多餘。我們律所多的是夫妻檔情侶檔，不差我們倆。要我給妳算算多少人看好我們？」

都忘了他口條多好又有多精明。啊！我要瘋了，現在最煩的是要阻止他等下送我到家啊！美輪惱得雙手抱頭。

看她這樣苦惱，簡辛然更氣。「妳在逃避什麼？都幾歲了？拜託，別跟我玩欲擒故縱的遊戲。」

「我沒有！」好喔，這下她也被激怒了。「我是擔心你沒想清楚，要是以後分手，一起共事會很難堪，而且我們不適合。」

「我們怎麼不適合了？平日相處都配合得很好，如果妳擔心我沒想清楚，我可以跟妳保證，我是以結婚為前提跟妳交往。」

這更可怕，一提結婚，壓力都來了。

「但我恐婚。」

「妳恐婚？原來如此，我知道了。傳統婚姻是對女人不友善，但我經濟條件好，房子也買了，爸媽都不在了，結婚後妳也不用伺候公婆，跟我交往還有什麼顧慮？」

顧慮可多了，就因為你這樣認真，我更不能馬虎你。都不知道是為他著想，還說什麼欲擒故縱。美輪氣結，真要委屈死了。以結婚為前提嗎？那就來想想他們的婚後生活吧，根本複製她父母的處境！

簡律邊打噴嚏邊批判她滿屋囤書，邊打包書邊丟書。她哭著苦苦辯解書對自己多重要，這些書又辛苦收了多久，然後無止境的爭吵冷戰嘔氣和好又爭吵冷戰嘔氣再和好，輪迴不休。直到有一方死了心，消磨到最後，成為兩個互相憎恨怨氣沖天的老人。

或者，他讓步妥協？

簡律為了愛，接受她的囤書癖，拚命忍耐遷就她，但……。

「簡辛然、簡辛然！」他躺在地上，因書誘發氣喘，沒了呼吸。而她崩潰，摟著他逐漸冷卻僵硬的身體爆哭，自責內疚，後悔不已。

不管是相愛相殺或是遷就忍耐，都很麻煩棘手沒好下場，讓她壓力很大。

如果不結婚，只交往行了吧？

不行！一旦交往不順，兩人鬧翻，不只簡律討厭她，連在一起工作都尷尬，最後說不定她還得放棄年資辭職走人，職場裡的「人財兩失」常常就是這樣發生的。

「幹嘛不說話，妳到底猶豫什麼？」

「我在想你說我們配合得很好，不過，那是因為在職場，你是我上司。」

「所以呢？撇開上司下屬的關係，我們就什麼都不是？就只是同事？同事可以親嘴？」

馬的，又提這個！美輪認真去摳車窗玻璃。「明天東明要開庭，現在不是聊感情的時候。你不是在找檔案？歸在右一上方第十號櫃。等一下別送我上樓了，趕快回去準備。」

「這種時候妳跟我聊檔案櫃?!」是有多無視他的告白？

很好。現在車內不只低氣壓，簡直暴風前夕了。簡辛然終於不吭聲，看來已爆氣了。

抵達目的地，拉起手煞車，他側身面對她。這時的簡辛然是她戴美輪最怕的簡律，認真嚴肅，一副上陣殺伐的表情，一副不談出結果不放過她的樣子。

不妙，她可不能被咬住。

她速拆安全帶。「謝謝你送我回來，晚安。」開車門逃逸。

砰！簡辛然長臂一伸把門拉回，困住戴美輪。

手長真好，唉。她低下頭，迴避他灼熱的視線。

「講清楚再走，妳到底猶豫什麼？讓我知道。」他有自信都能解決，也相信只要自己堅持，定能說服她。

美輪嘆息。好難應付啊這傢伙。「你喜歡上班時的我，但真正的我，你不可能會喜歡。」

「不要把我想得太膚淺了。沒錯，妳不是什麼大美女，但我也不是只看外表的人。」

好喔！美輪翻白眼。能這樣講出口，算你狠。

他又說：「我做律師那麼久，看人很有把握。我自己的眼光我會不清楚？還有，妳敢說妳對我沒感覺嗎？除了幫我擋酒，妳也幫別人擋？天氣冷，除了給我薑茶，妳有幫別人準備？妳也在別人鼻過敏時，幫他用吹風機吹暖鼻子？

沒有，妳只對我好，我知道，別人也知道，大家都說妳喜歡我。原本我是不確定，直到那天妳親了我——」

「我親你是因為當時腦子糊塗，不知道在幹嘛，我喝醉……。」到底要提幾次？還有，可以不要靠這麼近嗎？她的心快蹦出胸口，這麼咄咄逼人！

「妳當時行動自如沒斷片，明明喜歡我，幹嘛又不接受我？」

她不能思考了——這是一隻咬住獵物的鱉嗎？救命。

「不就是親了你，這有什麼，你想沒想過另一種可能，就是我親了你，但感覺不對——」

他暗下眸色。「什麼意思？」

「我是親了你，然後發現我、沒、有、怦、然、心、動！你不老說人只能跟怦然心動的在一起，其他都要斷捨離？你沒有讓我怦然心動，所以我不想跟你交往，也不想聊那天的事，為什麼非得讓大家這麼難看？」

她急得口不擇言，見他愣住，大受打擊，又恨不得咬掉自己舌頭。

「所以……妳不喜歡我？」

「對。我可以走了嗎？」

簡辛然震驚。他沒想過是這個原因。

美輪推開車門，拄拐杖下車回家。他忙下車繞過去要扶她，被她急推開。

「我送妳到家門口。」

「不用。」

這次他沒敢堅持。她不喜歡他，再糾纏就失禮了。

看她艱難地走向大門，打開鐵門走進樓梯間。她寧可行動不便，也不讓他幫，看樣子他真是讓她很困擾。

簡辛然感到丟臉，回到車裡怔在座位。一向有被討厭的勇氣，這次除外。他心頭沉重，重得似被鉛定住，動彈不得。

他就是有再厲害的口條，都輸她一句：「我不喜歡你。」

沒道理啊，邏輯脈絡不對啊？過去她給的溫情跟關懷，全有跡可尋，難道是因為我喜歡她，自帶濾鏡誤會她的行為？原來那只是在討好上司？不是因為喜歡他？

簡辛然自信崩塌，自尊被撕個粉碎。

想來可悲，為了她還跑去拜月老，真像小丑，自作多情地瞎忙，帶給她的只有困擾沒有感動，太丟臉了。

是我糊塗，誤會自己如今的身分地位已配得上任何女子。真相是她沒有那麼喜歡我，她親了我也沒有怦然心動。

她用他說過的話，狠打他的臉。

一陣陌生鈴響，是美輪的手機，忘在車上，閃爍著來電者沈思齊的名字。

簡辛然拿了手機追出去。鐵門已關上，幸好有住戶出來，他忙閃入內追上樓，見她倚著拐杖，剛開門走入家裡。

「美輪？」在她關門前，他及時擋住門，推開。「妳的手機——」

他看見了，門後驚人的風景。

在她錯愕的表情後，是沿牆堆高高的舊書；甬道狹窄至極，然後是山一般鋪滿整個空間的更多的書。那堆書山上，才是各種日用品。

簡辛然的視線突遭爆擊，這畫面像轟然撲來的巨石輾壓過他。他倒抽口氣，退後一步。胸口一堵，像被誰勒住頸子，一下子喘不過氣。

美輪忙推他出去，看他倚著牆俯身捂胸，呼吸困難，突然癱軟在地。

「簡律、簡辛然？你的噴劑呢？」她急忙搜他外套口袋，找出噴劑，蹲在他身後將他圈在身前，朝他嘴裡噴入緩解藥。

稍後，他呼吸漸穩，緩過來了，聽見她沮喪地在耳邊說：「你也看見了，我愛囤書，家裡都塞爆了。我……我就是你一向最唾棄的那種人，我們怎麼在一起？」她哽咽。「我不答應，是因為太丟臉了。」

簡辛然長吁口氣，緩緩站起，又聽她說：「我也喜歡你，但我家這樣，我想你一定不會接受我，所以……我們就算交往也沒有結果，對吧？」

光是在她家門口站一站，他就發病了，還談什麼戀愛？

他懂了，所以她總是迴避自己的示好。

「簡辛然，你很優秀條件又好，被你喜歡，我當然很高興。但極簡跟斷捨離不是我愛的生活，如果勉強彼此，這樣的感情也不長久，所以我才想著還是算了……。」

她焦急解釋，說個不停，以為他會一一反駁，就像剛剛在車上說服她交往時，咄咄逼人地挑戰她。

但這時，他沉默了。

這沉默，讓她胸口彷彿空掉一大塊，被他冷漠的背影扎傷。

當真相揭露，她尚存一絲僥倖。有沒有可能聰明如他，或許有什麼提案，助他們克服障礙？但他似乎受到很大打擊，沒看她，只說：「我知道了。」

他下樓離開。

美輪回家，關上門。

沒關係，沒關係的，沒事的。她安慰自己，艱難地擠過書群，癱倒在書堆上的床鋪，環抱自己縮成一團。

他失望了吧？他喜歡並想像的戴美輪，是很棒的吧？如今人設已塌，以後還有什麼臉見他？

手機響了，沈思齊在彼端怒斥：「他是送妳送到外太空嗎？幹嘛不接電話？我這幾天會抽空去找妳，順便看看妳的狀況。喂？不說話是怎樣？」

「唔……。」美輪敷衍。

「該不會……他在旁邊？」

「唔。」

「喔，了。不打擾你們，掰。」沈思齊隱忍笑意地掛電話。

美輪懶得說明，心情太壞了。

他沒在旁邊，逃之夭夭，以後恐怕也只會遠在天邊。

好難堪，原來被喜歡的人討厭，會讓人失去勇氣，太傷自尊了。

她讓自己縮成一顆球，默默流淚。有那麼一刻，軟弱的她甚至想傳訊息給他，說她會改，說如果他這麼討厭囤物，她為他改，或者把書全扔了，練習極簡，只要他留下。只要他願意繼續喜歡她，她什麼都妥協。

她不希望往後連快樂的曖昧都沒有了，她不要他看自己時，炙熱的目光變成鄙視的眼神。

但她咬牙忍住，什麼都沒做，靜等這股挽留他的衝動退去。

一旦真的這麼做了，她覺得自己像隻搖尾乞憐的狗，為了討愛，面目全非。那樣的自己太可悲了。

她不要過上悲慘後悔的人生，所以更要每一步都小心謹慎地做選擇。但為什麼，這樣也不快樂？

為什麼這麼小心謹慎，反而只覺得不幸？

—♡—

一旁路邊的大榕樹下，大小月老參與這一齣，瞧得驚心動魄。

「你是在撮合，還是在拆散他們？」小柴問九爺。

「當然是在撮合，看不出來嗎？」

小柴嘴角抽搐。「還真看不出來。」方才戴美輪要下車時，他見九爺手一抹，將美輪的手機抹去，直到她離開才又現蹤，害得簡辛然拿手機追上去，曝光她住處。「撮合嗎？簡律都被她嚇跑了。」

「我幫他們創造時機。」

「創造時機毀滅感情？」

「不然呢，學你創造時機讓王老闆追走戴美輪？」

「我那是失誤！我實習生不一樣的，你資深不該犯這種錯。」

「哪錯了？我這叫速戰速決。他們感情停滯，就是卡在這個點，現在曝光，才能看見它、解決它。」

「那萬一簡律不要她？」

「那就『放下她』。」

「跟我聊佛學嗎？」講這麼玄？「咱快點想辦法，扭轉美輪形象讓簡律回她身邊。」

「唔……或者幫簡律認清現實，如果真的不行，就幫他換個對象。」

「歐買尬，你真狠心。戴美輪都哭成這樣了。」

「小柴，助人可以，但莫感同身受，這樣才不會耗損自己。還有，我們能製造時機跟氣氛，但是對人心的想法，無法左右。」

「所以呢？」

「如果簡律決定放棄戴美輪，我們也要尊重的喔。」

「我無法袖手旁觀。你不幫的話，換我來。」美輪別哭，小柴幫妳！

九爺嘆息。「你啊，太毛躁了。你得習慣我的作風，而不是總挑剔我。每個月老撮合姻緣的手法都不一樣，有的喜歡滴水穿石，有的喜歡循序漸進，又有的愛節外生枝，熱衷柳暗花明——」

「敢問九爺是哪一種？」

「簡單粗暴型。」

「看得出來。」這種調配姻緣的手段，難茍同。

—♡—

怕尷尬，明天先不要跟他見面，美輪請兩天年假，加上週末，可以在家好好休息四天。

第二天醒來，左臂傷處浮現大片瘀青，但已稍微消腫。特效藥很給力，到第三天已能行動自如。

她為自己驕傲。看吧，不管遇到啥事，她自立自強無須靠誰，只要躲在書窩裡，書總能拯救她。

英國蘇塞克斯大學做過研究，緩解壓力第一名的就是「讀書」，能減緩百分之六十八的壓力。第二名是聽音樂，能有效減緩百分之六十一。現在，她雙管齊下，一邊播鋼琴曲，同時床上散置書冊，這看那看，書海徜徉，趁機會消化買了沒時間看的書。

所以呢，管他王老闆還是簡律師，管他愛不愛的複雜事，沒有什麼挫折是一本書解決不了的，如果有，那就兩本三本四、五本來解決它。

爽看十本書，到後來竟想不起到底都看了什麼？倒是那個人離開時頹喪的背影不斷在腦海重播，說過的話也不停在她耳邊回響——

「家裡堆成這樣都沒路走了，難怪離婚。這種人不配養小孩。」

「戴美輪妳記住，勤於斷捨離，才配談珍惜……。」

「會囤物的多半貪心濫情又不負責……遇到這類人，妳躲越遠越好。」

當身體恢復得越來越好，午夜躺在書冊間，她盯著天花板的白燈發呆。下雨了，聽著窗外雨淅瀝瀝，時間彷彿停止，唯她遺世獨立。以前覺得躲在這洞穴般的窩很安全，為什麼如今卻感覺體內空蕩蕩的，那空洞不斷向外擴張，大到就算被這麼多書團團保護，還是慌。

沈思齊傳訊息關心，律所同事也零星發訊問候並討論工作。

每次手機一響，她就忍不住查看，就算沒有響，她也常常看——她到底想看到什麼？

看來，她是被徹底討厭了。這麼長久的曖昧，永別了嗎？

這些天沒見到她，他都在想些什麼？

他要遠遠地躲開了？忙著懊悔竟然喜歡過我？並因此感到丟臉可恥？

可我就只是超級愛買書而已，就只是買不了大房子囤書罷了，有什麼錯？我沒有錯，我才不是他想的那樣……但我為什麼信心崩潰？只因為我喜歡他？

淚珠滑落，美輪縮進被窩抱住自己，放聲痛哭。

—♡—

星期天，沈思齊來探望戴美輪，約在她住家旁的咖啡館。

正午的陽光燦亮木頭桌面，閃耀復古的白瓷糖罐，美麗了插著的銀湯匙。

雨過天晴，一切看來是這樣美好，卻美不了憂鬱的戴美輪。

「怎樣，你們在一起了？」沈思齊興沖沖地問：「他那麼晚還在妳家，不單純。妳看起來很虛，該不會這兩天都混在一起吧？他留下來照顧妳？」

美輪賞她白眼。哭泣又失眠，氣色能有多好？「跟妳想的相反，我們算是鬧翻了。」

「怎麼會？他看起來很在乎妳啊？」

「我們先是在車上大吵，他嫌我對他欲擒故縱——」

沈思齊噗嗤笑出來。「妳是啊！」

「我不是！」靠，現在謹慎考慮都要被安上欲擒故縱的罪名嗎？「我只是考慮比較多，他說要以結婚為前提交往，我聽了很擔心——」

「停，等一下，妳讓我想想。」沈思齊撫額，瞇眼思量。「這畫面跟對白，我怎麼感覺有點熟悉？」

「嗄？」

「顏大同！我想起來了。」她指著美輪。「妳學弟，之前跟妳很好的那個，記得嗎？那陣子我們很迷爬山，我們三個還一起去爬過。妳跟他超好，妳還親自做便當給他。」

「那麼久，我都忘了。」美輪的頭低下去，聲音也小了下去，摳著桌面一塊沒撕乾淨的標籤。

沈思齊雙手盤胸，可得意了。「我這記性太厲害了，就是顏大同。你們交情超好，看起來就像情侶有沒有？結果某天他跟妳告白，妳立刻涼了，馬上疏遠他。他還跑到我實習的地方找我，想知道是怎麼回事？我還幫妳應付了幾回，但他太傷心，後來好像出國唸書了。」

「是啦，人家現在好像是博士了，聽說過得很好……呵呵，為他開心。」

「開心個屁，妳就是只管曖昧不肯負責。」

「哪是，那時他猶豫該不該出國留學，又捨不得我。我覺得我們如果真的在一起，也是耽誤他，以後對我怨恨也不好。」

「就是這個，聽聽，這對白多熟悉？還有那個更早的那位呢？妳在書店打工認識的店長，當時妳瘋狂暗戀人家……我想起來了，魏正益！」

不愧是學霸，腦容量特大，什麼都記得牢。

沈思齊瞇眼笑，幫美輪回顧。「妳那時可是天天跟我說他有多優秀，挑書品味有多好，跟妳多有話聊。結果呢？人家一說喜歡妳，真的要跟妳約會，妳就冷掉了。有沒有、有沒有？妳再摳嘛，把桌子摳穿啊！」

唉，有個記性好又聰明的朋友，知道所有黑歷史，滿傷自尊的。

「那我也是有原因的啊……。」美輪小聲說。

「是，妳說妳發現他是政治狂熱分子，他就瞬間蛙化了。」

「我不想交往後，家裡都是政論節目的聲音——」

「你們離一起住還遠著咧！」沈思齊忍不住吼，誇張耶。

美輪不摳桌子了，啜一口熱奶茶，開始一直加糖。「不夠甜耶，奶茶不甜就不好喝了。妳那杯夠甜嗎？要不要加糖？」

「黑咖啡加什麼糖？」少來，又想轉移話題。「出國可以遠距離戀愛，怕政論節目吵可以叫他戴耳機，什麼都可以溝通協商。方法多的是，只怕有心人。妳沒有勇氣做決定，不試就放棄，根本不給對方活路，直接就把路堵死，妳就是個愛情逃犯，還是慣犯！」

美輪想反駁，但可惡啊，找不到理由。沈思齊把她批得透透的，教她有種自己被沈思齊解剖開來的寒意，那些連自己都不清楚的盲點，一一被她捅破。

沈思齊啜一口黑咖啡，感覺很過癮。

「以前妳還是我學妹時，我就發現妳很愛在小地方鑽牛角尖，浪費時間。妳知道嗎？我有時明知手術只有百分之八的成功機率，我還是敢試，只要病人家屬同意就敢開，還真成功了好幾個。在我看來人生不難，是人們都想得太難。真的行動了，常常結果出乎意料的好。就算不好，也會多了經驗值。」

「沒有好結果，只是不斷累積經驗值，那不是更慘？」

「戴美輪，有病要治啊。我的重點是在提醒妳，妳每次一到下決定的關鍵時刻就落跑，只敢曖昧不敢認真，妳自己想想有多矛盾？妳老說怕最後沒結果害了對方，但其實妳只是想保護自己，怕受傷的是妳。妳不是簡律說的欲擒故縱，妳根本是貪玩不擒又放生。」

可是，人要對自己的選擇負責，所以不都該事先想清楚再行動嗎？美輪問她：「難道換作妳，妳能不計後果就愛下去？」

「我敢啊！我怎不敢，我只恨身邊沒一個可以愛的。」聊到這個，她火就來了。「最近來了個年輕的見習生，人人都說他好，長得又像彭于晏，女生都瘋了。就我看出他底細，他啊，就是渣！我怎麼身邊都是這種遜咖？唉，我單身是因為太聰明，糊塗不了。妳呢？妳是只敢想不敢做，就是個小孬孬，窩囊到老才後悔沒有轟轟烈烈地愛過。我在醫院看最多就是生離死別，趁著還能呼吸走動，不要留下遺憾。能遇上怦然心動的人，真的太可貴了，我恨不得有人讓我的心亂跳呢！」

美輪聽進去了，也承認她說得有理。仔細回想這一路，確實，每逢情感關鍵時刻她就想很多，想到累了，乾脆放棄。

原來她就是個膽小鬼，怕做錯選擇，於是乾脆不選擇。

但現在，明白得太晚。美輪嘆息。「我是真喜歡簡律，但……也許已經太遲了。」

這次可能是她遭報應了，因為害怕承擔而嚇跑的人，不是我，是簡律。

月老箴言

002

吉

月下牽成

怕做錯選擇，於是乾脆不選擇，
就只能當個膽小鬼。
趁著還能呼吸走動，不要留下遺憾。
能遇上怦然心動的人，真的太可貴了。

人間結緣

03

週一，戴美輪回到工作崗位，桌面沒早餐了。

簡律果非常人，冷得真快，裝都不裝。想起他說的斷捨離，所以，我已經被斷捨離了？她欽佩他感情收放自如，簡單明快。本來傷心，但見他如此狠絕也怒了起來，不甘被他影響的自己像個笨蛋。

美輪振作精神鼓勵自己，沒和他交往真明智，沒衝動地低聲下氣跟他妥協太正確。

成熟大人的真本事就是要能自得其樂，勇敢的人都學會了自我安慰。

既然他果斷決絕切割她，她就有樣學樣避遠遠，立刻LINE他：「不好意思，我受傷不便走動，咖啡請找別人沖。」

很快，他回覆：「了解。」

就兩個字？美輪扔下手機，胸口好堵，像他們之間橫著悶熱潮濕的雨季。

淋了雨，衣裳濕透還一直穿身上，那樣黏膩潮濕，真不清爽。她想要酷，但心裡苦，討厭這麼不清爽的煩躁感，他的冷漠徹底激怒她。像是為了讓自己死心，她追發一則訊息給他。「你要不要考慮換助理？」直到中午，他都沒回訊。

尷尬的是，傍晚他們要一起出差到蘆洲。客戶因身體狀況不便親自來諮詢，兩人只好前往該地開會。

傍晚五點，簡辛然開車，他們一起前往客戶家。原本出差，美輪都坐副駕駛座，幫他看導航。這次她往後座坐，他也沒阻止。她相信這也是他希望的。想斷捨離嗎？看看，我也是很配合的。在車上，他們都安靜。即使隱在後座，她也感覺到他的不適。平日開車穩，今日他卻差點跟左彎車相撞，又差點碰上人家的車屁股，明顯心不在焉。

和我獨處，這麼難受嗎？

「簡律要是累了，換我開？」上個班，沒必要連命都賠上。

「不用。」他不是累，是壓力。

到了目的地，站在牆面斑駁的老公寓前，橘黃夕光染著他們。一樓老公寓，從圍牆看進去，裡面一片黑暗。

「是這間？」她問。

他點頭。

美輪按門鈴。沒響，這是壞了？

「有人在嗎？」敲門，也沒人應。「確定是這裡？」一回頭，她愣住了。

簡辛然戴上口罩，還拆了一片幫她也戴上。她沒躲，被他突然的舉動驚住。這是幹嘛？震驚中，又見他從西裝口袋掏出鑰匙，插入門鎖，一轉動，推開鏽跡斑斑的鐵門。

可以這樣？擅闖客戶家？「簡律？」

「進來吧，妳要有心理準備。」簡辛然直接走進去，她趕緊跟上。

屋子裡面陰暗潮濕，一股霉味跟濕氣撲面而來。

啪，他拍開牆上的電燈開關。

美輪駭住。這什麼鬼？

放眼看去，一團團垃圾袋包裹物，還有大量電器風扇桌椅衣服雜物，全不在正確位置，或倒或躺或散置地上。天花板懸著蜘蛛絲，日光燈管沾染灰塵，牆壁油漆剝落，布滿被香煙燻染的黃漬跟黑汙。磁磚地板被雜物跟垃圾掩沒，寸步難行。

空氣汙濁，漫布著陳年煙臭味。唯一的對外窗被堆到牆頂的雜物遮擋，隔間用的三夾板亦是處處髒汙跟破損。隱約看得出是通道的入口，已被塞爆的雜物擋住。這才是魔王級的囤物之家，壅塞如鼠窩般憂鬱的洞穴。

「客戶在哪裡？」美輪呼吸困難，感到窒息。

「是我，我想跟妳談談。」簡辛然轉身，面對她。「這裡，是我家。」

什麼?!美輪瞠目結舌，沒聽懂。

簡辛然困窘。「這是我老家，我從小住在這裡。看起來很病態吧？」他側身，踹開擋路的垃圾，指著這兒那兒跟她介紹。

「那堆好像是撿來的衣服，靠牆那邊全是回收瓶罐。這邊堆的是電器跟鍋碗瓢盆，都是別人丟掉，被我媽跟外婆撿回來的。有的是贓物，她們看到鐵器就偷回家。花盆、紙類、腳踏車，……想要的就會順手帶走，就算被檢舉警告，還是屢勸不聽。我媽在這裡很紅，是鄰里的頭痛人物。」

說這些時，他眼神迴避，不敢看她。這是他的黑歷史，他花了幾天思考才下定決心跟她坦白。

那晚，當她說：「我不答應你，是因為太丟臉了。」

這句話，像狠搧他一巴掌。

簡辛然離開她家之後在車裡怔坐著，好半天回不了神。

這算什麼？老天開的什麼玩笑？太荒謬了。回想跟她的這一路的風景，可笑至極。

不，戴美輪，妳丟臉什麼？妳不知道真正可恥的，是站在妳面前，假裝高尚的我。

當時她羞愧的樣子教他慚愧，驚覺自己真虛偽。

為了隱藏黑歷史，就越要補上厚重又誇張的妝色。當他高調主張極簡、強調斷捨離，大聲疾呼彷彿怕誰不知，其實是過激的代償反應，全為掩藏自己的不堪。

事後回想，那時若非美輪忘記手機，他將因她的拒絕認定她真的不喜歡自己而錯過，永遠不知真相。

明明是互相喜歡的啊，太遺憾了。

這真諷刺，原本是怕失去喜歡的人，才努力隱藏不堪，沒想到這麼努力，反而將喜歡的人推開。是他的欲蓋彌彰誤導她，導致他們浪費太多時間曖昧，差點放手，簡直荒謬。

因此，他思考幾天，決心揭露自己，將不堪的往事全向她坦白。

「我媽跟外婆有囤積癖，東西只進不出。我沒爸爸，也不知道生父是誰。我媽懷上我就跟這些東西一樣，明明沒能力照顧，還是要生下我。她生下我，不是因為負責，而是擺爛的結果。」

他是在骯髒垃圾、腐爛臭味跟總總殘破的雜物間，野蠻生長，奮力掙扎就為了狠狠離開，永不回頭。

美輪震驚聽著，見他艱難地坦露自己。她也目眶殷紅，感到心碎。

他說了很多難堪的過去，怎樣穿著發臭的衣服，在學校被霸凌排擠。說他為了不想爛在這裡，一成年就搬走，直到媽媽死在家中，接到里長通知才回來收屍。母親死後，他再沒踏進這裡，沒勇氣整理遺物，也不敢交辦別人，因為太可恥。

這是他命裡的爛瘡，只想割裂拋棄。

一旦進到這裡，就得面對內疚自責的罪惡感，彷彿拋下媽媽只求自己安好，太自私。但明明她也沒好好照顧過自己，為何還會內疚？明明覺得自己沒錯，為何還自責？

這些糾纏不清的陰影，他只想甩得遠遠，彷彿都跟自己無關。媽媽最終孤獨死，也是她自找的。

簡辛然以為自己已成功割斷過去，直到看見美輪的家，當下幾乎崩潰。原來陰影沒有不見，它一直跟在背後，等他轉過身面對。

「戴美輪——」他難堪道：「我不是妳說的優秀人士，我極簡又唾棄囤物，是怕被人看穿。妳說我們不適合，怕耽誤我。現在，看看這裡，妳還會這麼想嗎？我才是配不上妳。」

正因為骯髒地活過，日後就算買再貴的古龍水，還是覺得自己臭。

他自嘲：「妳看我多做作。老家這樣，還大言不慚主張極簡。我媽死的那天，我甚至很高興，我就是這種爛人。」極度自信，全因為自卑。

「別這麼說。」美輪聽了好心疼，走向他握住他雙臂。「我知道了，謝謝你告訴我。你很好，你不用自責。」

「妳知道心理學家怎麼說的嗎？建議要結婚的，先去看對方家庭，觀察他的父母再決定。因為爸媽是怎樣，對方婚後也會像他們，這叫『代際傳遞』，兒女會傳承父母的行為跟創傷。但他們憑什麼這樣說，孩子有什麼錯？」

每次聽見這種言論，就令他惱怒又恐懼。不，他絕不被媽媽影響，他要走出自己的路，他會活出跟她截然不同的人生。他無法選擇母親，但可以跟母親切割，把自己重新生出來。

恐懼帶給他奮發向上的勇氣，讓他充滿力量，成功活出另一個極端的面向，一個絕不囤物、信奉極簡，永遠儀表堂堂、乾淨清爽的簡辛然。

但過度用力的同時，內在某一部分也悄悄地失衡，竭力地強調極簡跟斷捨離，差點斷掉跟美輪的緣分。

「對不起，是我誤導妳。」

「我才對不起，我還以為你……，」等等，她問：「早餐為什麼沒了？」

「早餐？」

「今天你沒買早餐給我。」

「我有啊，因為所長臨時找我，我讓吳清明放妳桌上了。」

「欸？」吳哥把早餐怎麼了？

吳哥當時經過簡律辦公室，拿著臨時被託付的愛心早餐，進茶水間微波自己的餐盒，還接了一通電話，順手就將美輪的早餐擱在微波爐上。五十歲已初老的吳哥，最近交了新女友，開心的電話一講完，拿走自己的早餐，把那份愛心早餐忘在茶水間了。

一個人越擔心，越會生出種種莫名事來印證自己的瞎操心。美輪不知其中曲折，傻傻地沮喪著，還誤會他。

「因為你這幾天都沒聯絡我……，」她也坦白自己的心情。「早上又沒看到你買的早餐，還以為你看我家囤滿東西就討厭我了。」

「怎麼可能？看看這麼恐怖的地方，我有什麼資格嫌棄妳？現在，妳還會覺得自己丟臉？我更丟臉吧？」他苦笑道。

她搖頭。不，我們都不丟臉，只是都背負著自己的傷痕。

美輪低頭想了想這幾天的困窘與掙扎，想愛又想維護自尊，喜歡他又陷入的拉扯與掙扎，原來很多的擔心揣測都不是事實，全來自自己的想像。她因為那些被他討厭的想像，流了多少眼淚；事實並非如此，她卻在虛假的想像裡批判自己跟他無數回。

多愚蠢，正如沈思齊說的，不敢行動只敢胡思亂想的她，都是在浪費時間內耗。

「簡辛然……關於交往的事……。」

他屏息聆聽。她握住他的手。

「我覺得我們得再好好商量，像是如果交往了，你不能干涉我的興趣，也不能要我改變配合你的極簡，包括你以後買早餐不准調整口味。」

「妳是說我每天買給妳的——」

「淡得我嚥不下去。老實跟你說，你那些早餐，我後來都撒鹽加糖才吃得下去。總之，如果要交往，我們勢必得好好討論。」

「行，擬個合約給妳都行。」

「那倒不必。」美輪笑了。是啊，協商溝通，身體力行，這次她接受沈思齊的建議，這次她沒有急著閃避逃跑。

要逃到哪裡呢？每個人都有自己的難題要克服，終要自己去面對圓滿。即使是簡辛然這樣的成功人士，其實也有自己的恐懼跟懦弱。她心疼他的過去，也痛惜自己盲目逃跑的過往。若非遇上咄咄逼人愛追根究柢的簡辛然，耐心追求又不斷地逼迫她，逼迫到她終於正視自己的問題，她今生恐怕都只會懦弱地躲在自以為安全的巢穴，錯過愛人的機會，也錯過幸福的可能。

「雖然不知道我們交往會不會順利，但有一件事我是能肯定的。」美輪踮起腳尖，在他耳邊輕聲說：「你是真的非常吸引我，我也是真的很喜歡你。」她坦白說，希望他不再妄自菲薄。

她眼裡盈滿笑意，拉下他口罩，親了他一下。「這次，我沒喝酒，我很清醒，所以管他什麼代際傳遞還是你住在什麼鬼地方——」

啪，忽然燈滅，室內驟暗。

媽呀是鬼嗎？美輪驚呼，撲上去抱住他。簡辛然順勢摟住她，笑看埋在身前的她。

「沒事，配電箱太老舊，跳電了。」

「我會嚇死。」臉埋在他胸前，她心臟都要嚇停了。

「原來妳這麼怕鬼？」這傢伙就是個膽小鬼，以後要好好保護才行。

「你這是哪家的古龍水？真好聞。」她像小狗那樣開始嗅他衣服。

好癢，他笑了，抬起她下巴，吻她。

他們緊緊擁抱，忘情深吻。哪怕踏在多麼混亂骯髒處，哪怕這裡曾給箇辛然怎樣地獄般的苦楚，而今與她相擁，圈抱住這柔軟溫熱的身體，他感覺體內長出新生的勇氣，感激愛情光臨，照亮腐爛陰鬱的曾經。

從不知道這個爛地方，有一日，竟也能讓他感受到巨大的幸福。這間令他深惡痛絕的房子，從今天起，有了甜蜜回憶。

當他擁抱所愛，當她也熱烈回應他，愛情化掉他的自卑，恐懼煙消雲散。終於，他感覺自己完整，配得全世界。

—♡—

那邊，小柴雙肩顫抖，趴在配電箱下方牆面，已哭爆，左手還握著剛扳下的電閘。強關電源的凶手在此。

「幹，我這招真太強！這氣氛卡得太精準了，我怎麼這麼厲害？我幹得好吧？」他拿一隻眼瞄九爺。

九爺望著黑暗裡卿卿我我的戀人，朝他豎起大拇指。讚！

「想不到簡律以前那麼辛苦。」小柴感動得熱淚盈眶。「我相信他們以後會很幸福的。」

「奇怪，應該可以收工了啊？」九爺掏出姻緣鏡，發現進度條停在九十四，還差六分。哪裡還沒完成？

小柴搶看鏡面。「差六分會怎樣？」

「代表還有什麼事情沒揭露，不能結案。」

「難道還有變數？」小柴瞇眼，幾乎要把姻緣鏡瞪穿。「我第一次配對，絕對要成功，不准分手！」

九爺笑了。瞧他，活像隻柴犬在吠鏡子。

—♡—

週四深夜，沈思齊來到事務所的休息室，拿鼻過敏的保健藥給美輪。她跟簡律今晚要加班。

昨日深夜，美輪打電話給她，興奮的話語猶在耳邊：「我們決定交往了！本來以為他看到我家就會嚇跑，沒想到他是真的很喜歡我。思齊，妳說得對，有個讓妳心動的人太珍貴了，這次我一定要好好把握！對了，妳要是知道有什麼保健品吃了對鼻過敏好的，就跟我說，我要買給他吃。還有，妳要是有壓力型氣喘的相關資料或書跟我說，我想了解。他前幾天發過一次氣喘……。」

看看這女人，現在滿嘴聊的都是簡律的事。她知道美輪是太開心，急於分享快樂，所以靜靜聽她說了很多自己跟簡辛然是如何曲折又甜蜜。

但，這跟我有啥關係啊？

唉，不想掃她興，沈思齊勉強聽著，同時又有些寂寞。像美輪這樣為某人心動興奮，這些她全沒有過。

我莫非天生冷血？

沒有誰能令她瘋狂衝動熱烈起來，這樣安穩，也是很寂寞的啊……寂寞歸寂寞，但要她為此飢不擇食、將就地去愛誰，她也不甘心。

沒辦法，刀台站久，血就冷了。

一旁沙發上，正在閱卷的簡辛然招呼她們。「我去幫妳們拿喝的。」

「我要喝可樂，拜託幫我加兩片檸檬。」美輪請求。

「知道了。沈醫生呢？要喝什麼？」

「我冰開水就好，謝啦。」

簡辛然照辦，走出休息室。

他一走，沈思齊肘擊美輪腰處。「看得出來，他對妳不錯喔。」

美輪只是笑。「早知他這麼好，真不該浪費那麼多時間曖昧。妳也是，快找個好男人，什麼都自己扛太辛苦了。」

「很難。我太優秀，一般男人不敢追，普通男人又只想利用我。嫉妒我的男人呢，只好在言語上霸凌我。」她兩手一攤。「無所謂，我習慣了，厲害的人都是寂寞的。」

美輪爆笑。真敢講。

「妳氣場這麼強，要找到在妳面前不自卑的男人太難了。」

「是，一般男人我也沒興趣。」

那麼，氣場強大的男人去哪裡尋呢？有了！美輪突然拍手。

「妳去拜月老吧！」

「月老？」沈思齊嗤之以鼻。「什麼？真老土。」

簡辛然端來飲料，美輪急問他：「快，把你之前說的那個臉書開給思齊看。我們之前感情停滯很久，直到簡律聽說一個臉書聊到月老……。」

「我不信這個，不用給我看。」沈思齊又覷向簡辛然。「嘖嘖，真沒想到大律師也會跑去拜月老？」

我不回應。簡辛然漲紅面孔，掩額低頭閱卷。戴美輪幹嘛說這個啊？

「妳看看嘛！」美輪將思齊拽向她，展示手機頁面給她看。「妳那麼機車，只能靠月老找對象了。這真的很有趣，月老傳訊還說了怎麼拜才有效，還有還有，月老愛吃蔥油餅……。」

沒錯，我愛吃蔥油餅，你們快點結案讓我回去吃可以嗎？九爺嘆息，望著姻緣鏡。

他跟小柴坐於休息室外的陽台花架。姻緣鏡裡的感情進度條還是停止不前，到底是哪裡出錯？

「你覺得沈醫生會來求你嗎？我們來看一下沈醫生的感情圈。」小柴動手拿姻緣鏡，被九爺拍開。

「別動，我說過了，除非對方主動來求，我們不能介入。」

「看看也不行？」

「No！」收好鏡子。「現在最棘手的是這案子結不了，咱們被拖住了。」

小柴盯著休息室的情景。「奇怪，看他們相處得很順啊？到底還有什麼沒解決的？」

—♡—

三十二歲的簡辛然，今天七點也準時現身在「美莉優」的排隊人龍中。輪到他點餐時，櫃檯店員面露驚恐，手持菜鏟的老闆推開店員，壯烈迎戰。

「我來。」他記性好，上戰場接受挑戰。「今天要點什麼？」拿起筆，嚴陣以待，預備聽他一番落落長的超級客製化餐點。

「一號餐，謝謝。」

老闆愣住，就這樣？「豬肉片要少油少鹽，對吧？」

「不用。」

「生菜沙拉不放沙拉醬還是放少一點？」

「不用，都正常。」

「附餐冰紅茶要去冰去糖？」

「不需要，謝謝。」

咦？他不機歪我不習慣。老闆忽然一陣空虛，這位高難度客人轉性啦？

稍後，這份餐點出現在美輪座位。

她今天也匆忙地趕在最後一刻跑進律所，打完卡，入座，拿出環保餐具，掀開餐盒。

香啊！她興奮地拿起刀叉，舔了舔嘴唇。這才對嘛！油滋滋的培根，黑胡椒妥妥地撒在肥潤的肉片上，沙拉醬淋滿生菜，啜一口冰紅茶，甜呀！

「哇，我看了都想吃，來一塊肉。」吳哥椅子滑近。

美輪舉叉作勢要叉他。弄丟早餐之仇尚未報也，滾。

忽然一顆蘋果落入懷裡。美輪仰頭，迎上簡辛然微笑的目光。

「高興了吧？既然不聽勸，吃這麼油膩，那就吃個健康的蘋果，我這樣算情勒妳嗎？」

美輪笑了，咬一口蘋果，拉下他領帶，在他臉龐親一下。

「唉唷。」吳哥掩眼，椅子直往後滑。「我不敢看我不敢看會瞎掉，公然放閃有罪，逮捕他們快點。」

誰理他，辦公室揚起笑聲。早料到他們會在一起，同事們樂觀其成。

但是姻緣鏡裡，感情進度條依然靜止不前——直至他們交往的一個月後。

她陪簡辛然回老家清理遺物。有她作伴，待在那個家，他放鬆不少。他還沒告訴美輪，他已訂好書架，等清理完畢，讓美輪將看完的書放這裡，釋放套房空間，這樣她住得也會舒服些。

成堆雜物，他們一起下架分類，客廳被衣服雜物掩沒的方形矮桌，終於露面。當他從桌底掏出一疊繫繩的舊書，美輪倒抽口氣，搶來拆下繫繩，雙手顫抖地翻開舊書《夜航船》的最末頁。

一枚藏書印，方正殷紅，妥妥地印在那兒。

「櫛風沐雨，樂而不渝。——戴瑁珍藏」

美輪抱書大哭。簡辛然趕忙摟住她。「怎麼了？」她激動地哭著告訴他：「是我爸的書，是他摸過的……這是他刻的印章，我們一起蓋的……。」

而她，坐在桌上，父親以布滿老繭暖暖的大手包覆她幼小的手，微笑同她一起蓋下印章。

爆哭的還有站在角落的小柴。「尬的，我會哭死。」

「原來伏筆是這個啊！」九爺將姻緣鏡瞄準那本書，以指彈鏡面三下。

映在鏡中的老書模糊了，鏡面閃爍，現出某個霧氣縈繞陰雨的黑夜。路燈昏黃中，一名駝背邋遢的胖婦人推著堆滿雜物的拖車，經過回收站時，趁回收場主人跟人講電話，隨手抓走一落書塞進推車。

稍後，行過暗巷，婦人拎起那疊書走進堆滿垃圾的家。她鬆手，書落地，婦人踢進桌底。

而少年簡辛然渾身髒兮兮，克難地窩在牆角，在快坍塌的厚紙板堆跟衣服山之間，一邊揉著因過敏發癢的鼻子，一邊努力寫功課，還不時搔抓被跳蚤咬紅的小腿。

人間沒有偶然的相逢，但有意料之外的安排。

九爺彈一下鏡面，感情進度百分百。

「收工！」

凡事得勝的沈醫生，唯有戀愛落後。她從小就是天才兒童，獎狀拿不完，是鄰里間的風雲人物，還跳級讀大學。她讀書考試手術都厲害，理性腦極強，可惜感性腦萎縮，與浪漫絕緣。

找不到對象不是她的錯，她自認條件超級好，可恨身邊都是軟爛男，不敢追她，追不到的又只敢偷臭她。

三十二歲了，連愛情逃犯戴美輪都駛進愛情海了，她還孤家寡人連一次怦然心動都沒有，愛情考卷成績零，可恨啊！

在美輪的強力洗腦下，她終於妥協，決定試試拜月老。

她帶上高價進口的日本點心，鹹甜都有，以及陳年威士忌，誠意滿滿地踏進廟宇，燃香跪拜，並呈上縝密製作的報告。

她自小做什麼都認真，連開個擇偶條件都搞得像寫論文。深恐月老不清楚，裡面鉅細靡遺條列，由內而外從頭到腳，詳列有二十一項。

一陣風吹過，紙面翻動。神案上方，九爺跟小柴速速閱之。

「齁，這麼誇張，她當論文寫嗎？這麼多條件，怎麼找？誇張欸。」遇到奇葩女，小柴好震驚。

看看沈思齊都開了哪些條件——

一、要陽光型男，濃眉大眼雙眼皮，體格粗獷，要有六塊肌。

二、身高至少一八零，體重需符合衛生署標準體重計算公式，過胖過瘦皆不可。

三、個性需開朗，身體要健康。BMI在18.5（kg/m²）及到24（kg/m²）之間，總膽固醇值要控制在200 mg/dl以下，血壓要在……。（以下大量醫用名詞整整兩頁省略之）

四、活力充沛。因為長年在醫院，冷氣房好冷，我需要溫暖。體質寒的我不要。

五、皮膚要健康的古銅色，這是個人偏好。

六、笑起來要有一口白牙，賞心悅目。

七、必須善良，人品重要，不能只有皮相，但皮相也不能差。

八、有揮霍不完的熱情，因為我工時長，一般男人光是等我下班就累了。

九、……。

太多項目，以下就不細講。總之條件包山包海全列足，這麼具體，神不可能牽錯線吧？

「嗯哼嗯哼！」九爺看著有點興奮。這高難度啊，這是在挑戰我啊！「第一次遇到這麼敢開條件的。」沈醫師果然非常人也。

「這條件可能嗎？有這種男人？」有的話，小柴都想要了。

九爺取出姻緣鏡，查看有無符合沈思齊姻緣的男人們。不看還好，一看不得了，九爺發出各種詭異驚嘆。「哇噻，唉唷，天啊，喔哦，買尬，不得了，夭壽喔，嘖嘖嘖……。」

幹嘛啦？小柴好奇死了。「怎樣怎樣？有嗎？」

「還真的有。」

「什麼男人？我看。」

九爺挪開姻緣鏡。「看了也沒用。」

「為什麼？」

「她的姻緣是出廠就設定好的，動不了，我們無法介入。」

「可惡，我超好奇的。」

沈思齊跪拜完，取筊詢問月老。「請問針對我開的條件，能找到這樣的男人嗎？」

她一擲筊，九爺揮手，一正一反。聖筊！

她微笑，相當滿意。

我果然優秀，連擲筊都一擲即中，看來連月老都喜歡我。

她謝過月老，掏出兩千元大鈔，爽快地扔進功德箱。

接下來就靠您囉，月老。沈思齊喜孜孜地回去，靜候心儀對象登場。

小柴納悶。「你不是說我們無法幫她嗎？為什麼還賜她聖筊？」

「我是如實回答她的提問啊！」九爺露出詭異笑容。「她的確會遇到一個完全吻合所列條件的男人……。」

月老箴言

003

平

神明能製造時機跟氣氛，但人心的想法，無法左右。人間沒有偶然的相逢，但有意料之外的安排。

— 姻緣類型 —

2

服務者結合

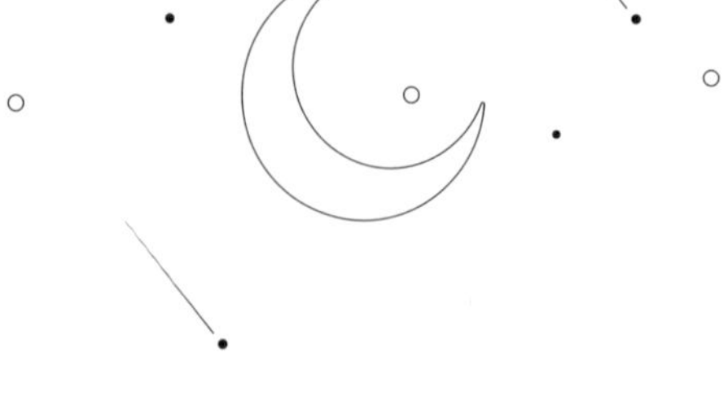

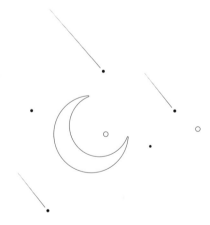

最好的安排

牽成❤對象

情勒症候群 vs 聖母病患者

人間就是這樣，再好的緣分

時間在走，人情會變

配對成功後就要靠自己

總不能自己不努力，失敗都怪神明

01

可惡，開不了！

三十四歲的陶紘歌披頭散髮，以一種怪異姿勢，將辣椒罐頭夾在兩腿間，雙手使勁擰。她已奮戰五分鐘還開不了，可能近日壓力大，力氣變小了。而她置身的小客廳，在慘白日光燈下醜態畢露。

長形的黑色人造皮面沙發，巨大笨重的圓餐桌，以及有四隻鐵腳、冷玻璃面的矮茶几，以上這些過時老家具讓小客廳更侷促。這些全非女主人陶紘歌所選，而是婆婆親手布置的天地。

想當初新婚，她勉強接受，覺得該尊重婆婆。然而三年過去，如今她對婆婆的敬意已薄如紙。婆婆用「愛」布置的小天地，媳婦卻覺得像張網，大蜘蛛是婆婆，她是再也飛不動的小灰蚊。

只有餐桌上那盆黃綠相間的虎尾蘭是她的手筆，挺於桌面很爭氣。

結婚三年，如今連盆植物都比她活得有精神。

晚上七點，餐桌已擺滿菜餚，紅燒排骨、瓜仔雞湯、筍絲滷肉、醃漬泡菜，全是婆婆做的，微波就能上菜。左鄰右舍都知道她有個好婆婆，不但買房子給他們，常來烹飪打掃，還熱衷敦親睦鄰，廣傳家務史。

一隻黑貓蹦蹦蹦地從房間蹦出，奔向大門。

老公回來了！她趕緊跟過去，方同舟開門進來。

「喵。」黑貓狂蹭他褲角，撒嬌地喵喵叫。

「晚餐好了，要喝柳丁汁嗎？剛榨好的。」紘歌邊說邊甩著擰疼的右腕。

方同舟取走罐頭，扭開給她，又從背包取出一張紙，放在餐桌上。

「這個，妳簽好給我。」

是離婚協議書。

陶紘歌太震驚，沒能立刻反應。她僵住，呼吸沉重，瞪著離婚書上的「方同舟」三字。

他妥妥地簽下名字，刀般剛硬方正。那麼用力的筆畫，確實是他的筆跡，但她沒有真實感。

「為什麼？就因為前幾天我跟你媽吵架？難道我不該生氣？」

這裡是十六樓，三天前，婆婆又忘記關陽台紗門了，害貓兒黑糖失蹤。紘歌慌亂，怕牠墜樓，婆婆竟說：「唉唷，這麼緊張幹嘛？貓很聰明，在外面死不了的，反正以後有孩子也不適合養，到時還不是要送人。」

當下，紘歌還耐住性子好好溝通。「媽，我說過很多次了，已經有醫學證明養孩子跟貓沒衝突，很多人都這樣，孩子更健康還能抗過敏。」

「妳喜歡，當然這樣說。聽媽的，養貓就是浪費錢，只會搗蛋跟拉屎，就是沒用的畜牲。孩子就不一樣了，妳都三十四歲了，再拖下去還生得出來嗎？養兒防老啊，沒孩子，你們老了怎麼辦？」

所以，妳是怕老了沒人顧才生兒子嗎？

她這麼想但不敢說，只是隱忍地回：「等老了我們自己會看著辦。」

「妳也別怪我太直接，說句老實話，妳這樣很自私。阿舟想要孩子，他就是不忍逼妳才裝得好像他也不要，不然他幹嘛老到偏鄉幫孩子弄電腦？等有了孩子，你們感情也會更穩定，妳不要等阿舟變心了才後悔。」

到底是誰更自私？不生孩子是他們夫妻共識，婆婆卻愛在她這兒挑撥，當起兒子代言人。

算了，多說無益，找貓更重要。

「媽，妳記得最後開紗門是什麼時候嗎？」

「這種事我哪會記得？妳喔，趁我現在還有體力，能幫你們帶孩子，就快點生。」

生個屁！就怕妳幫忙更不敢生！婆媳觀念不同，養孩子豈不衝突更多？

「媽，我拜託很多次了，請妳一定要關紗門，妳為什麼又忘記？我現在去印黑糖的照片，妳幫我注意陽台，要是警衛回報馬上打給我。」

「還印照片？唉噢，妳事真多欸，不煩嗎？以後別養這些亂七八糟的，妳就是太好命，日子過得太閒了——」

這瞬間，理智線斷裂，陶絃歌炸了。「什麼亂七八糟？什麼叫只會拉屎？科學家發現貓大便能治阿茲海默症，誰知道媽以後會不會老年痴呆需要它？」

吳心蓮的胖臉唰地炸紅。「妳、妳詛咒我?!」

「媽是故意不關紗門吧？不喜歡貓就算了，幹嘛搞小動作？」結婚三年，她在婆婆面前一直是軟弱溫吞好拿捏的媳婦，但那都是忍出來的。今天，她終於吼了婆婆。「如果媽是故意不關紗門，以後我不歡迎妳來！」

「妳憑什麼？三年沒蹦出個孩子，我都沒跟妳計較，不歡迎我？陶紘歌，妳搞清楚，房子是我送你們的，妳好意思講？是，我就故意的，我早就叫妳扔掉牠，我省吃儉用買房子是為了給妳養貓嗎?!」

「給我們房子？」紘歌走向沙發，掀了上頭的外套跟手提袋。「這誰的？」又指著茶几。「這又是誰的？」

茶几上擺著婆婆用廣告紙親手摺出來的鳳梨球擺飾品，很環保，但她一點都不喜歡。還有，沙發上的抱枕套也是婆婆用鉤針一針一線編織的，紅綠相間，顏色花俏，也不是紘歌的風格。

她又從茶几下拉出一箱堆滿藥膏貼布拍痧棒的箱子。「這又都是誰的？」這還沒完，再走到角落拉開冰箱門，裡面塞滿滿的保鮮盒是調味料蔬菜魚肉水果，還有各種老人保健品葉黃素益生菌等等。「這些呢？又是誰的？這裡面只有寶礦力是我冰的！」

在這僅二十坪大的小宅，美其名是婆婆買給他們夫妻倆住，實際上到處放有婆婆的東西。明明就住在附近，卻像是怕兒媳會忘了她，每次過來都順便放

一、兩件她的個人物品，或擅自擺放手作物，且從不詢問她這個女主人。這行為跟小三在正宮家偷放內衣褲髮夾耳環的有何差別？

她知道婆婆就是愛刷存在感，她忍讓，不計較。但現在，連心愛的貓兒婆婆都想消滅掉，她沒法再忍了，這已是她的底線。

陶紘歌氣道：「媽有鑰匙可以自由進出，但妳要過來，有先通知過我們嗎？家裡都是妳的東西，朋友三不五時過來唱歌，我能拒絕嗎？我有隱私嗎？是妳怕兒子住遠了硬買在這裡，不要說送我們！沒錯，頭期款妳付，但房貸我們也背得很辛苦。到處跟人說妳送房子給我們，妳買的時候有先跟我們商量要買多少嗎？妳繳不出貸款還不是靠我們！」

一連串的攻擊轟得吳心蓮怔住，臉一陣青一陣白。她牙一咬，笑了。

「好啊妳，平時低聲下氣原來都裝的。我買房子給你們住，現在連個東西都不能放了？這是人說的話嗎？有妳這麼當媳婦的？飯都不會做，要靠我這婆婆煮給你們吃，不然我兒子都要餓死了。現在連生個孩子也不會，還咒起我了？什麼老人痴呆叫我去吃貓大便？真惡毒啊妳！嘖嘖嘖，平常在我兒子面前裝得跟小鳥似的，真虛偽，妳噁不噁心？」

「平常低聲下氣是怕妳兒子難做！」陶紘歌咆哮：「是媽不懂分寸！口口聲聲為我們好，其實都是在替自己打算，媽更噁心——」

「妳這麼罵婆婆，妳會下地獄的妳——」

那天，婆媳倆都炸了，互罵很久，吵得天翻地覆，恐怕聲音大到連鄰居都聽見了吧？家醜不該外揚，但陶紘歌累積太多委屈，一旦崩潰了，就一鼓作氣將對婆婆的不爽全噴了，而婆婆也將三年來對媳婦的不爽全飆出口。唇槍舌戰的結果是顏面盡損，兩敗俱傷，不歡而散。

方同舟當時不在，錯過婆媳開撕現場。但現在，他拿出離婚協議書，大概已從婆婆那聽說了，想必婆婆眼淚沒有少噴。

「我當時太擔心黑糖才會吼媽。」陶紘歌忍住滿腹委屈，好聲好氣地跟老公解釋。「但是我昨天一找到黑糖，就打電話跟媽道歉了，她也說沒事了，為什麼現在忽然要提離婚？」

「是我想離，跟媽無關，她還不知道。」

「你是氣我罵你媽？但我過去從不跟她衝突，她再過分，為了你，我也都忍了。」

「離婚吧！妳……不覺得累嗎？」

「所以……是你覺得累了？」

方同舟沒否認，沉默了。看著他冷漠的表情，她心寒。

「你累什麼？我有一天到晚跟你抱怨？所有委屈，我都自己消化，都這麼忍耐了你怎麼——」

「就當我拜託妳，我們離婚吧，好嗎？」打斷她的話，他只想迅速解決掉婚姻，就像處理程式 Bug，不帶感情，只要快速排除故障。

陶紘歌震驚，看他這樣鎮定提離婚，淡定得像在拋棄衣服。她牙一咬。「好，要離是嗎？那就離。房子我要了，你過戶給我。我們銀行存款全歸我。車子歸我，貓也歸我。」

「好。」

好？她突然抓起虎尾蘭扔他，盆栽擦過他肩膀，哐噹巨響碎在地。這是他們一起種的，而一起養大的貓兒躲進桌底。

這是她認識他以來，頭一回對他粗暴。過去為愛有多溫柔，現在因失去愛就有多恨，她恨得眼眶殷紅。

他「好」什麼？全放棄都送我？就這麼迫不及待想撇下我？

「你厲害啊，方同舟！」紘歌苦笑，豆大淚珠滑落。「要跟我離婚……我的心、我的心——」她揪住胸口大吼：「這裡痛到要裂開了，可你呢？你冷血得讓我害怕，你到底有沒有愛過我？」

這疑問像根刺，一直扎在她心裡。

「當然。」他說。

「你放屁！」陶紘歌跌坐在地，掩面嚎哭。

他蹲下，握住她的肩。「離婚對我們都好。」

「不要碰我！」她吼，推開他。「滾去你媽那裡！滾啊！」

「我會在房裡。」他抱起黑糖，走進房間。

紘歌頭昏腦脹，但覺天塌地毀，像一場突襲的地震。活到三十四歲，頭一回感覺自己完蛋了。

是不是打一開始，她就愛錯？

從認識方同舟的那天起，倒追他的是她，辭職陪他打理事業的是她，想結婚的是她，就連這段緣分尚未開始前，也是她去拜月老求來的。

以為這是月老牽的良緣，所以她愛得更努力積極。而他呢？他一直隨緣且被動，難得主動積極一回，竟是勸她放棄，他要離婚。

紘歌哭啞嗓子，眼睛腫痛。

方同舟，我就讓你這麼痛苦嗎？

—♡—

夜深露重，廟堂磚瓦濕漉漉地濛著一層水氣。大殿裡，燈色煌煌。神案前，實習月老小柴高舉姻緣鏡，從各個角度照看自己。

「呵呵，我這張臉真是太俊美了。姻緣鏡啊姻緣鏡，敢問神界最美的神，是誰？」

鏡面「吱」的一聲龜裂開來——

「怎麼回事？」小柴手抖，猛地轉身喊：「九爺、九爺？」女高音般嚎著往上方的神榻奔。「裂了，鏡子裂了！」

「你又幹了什麼？」

神榻上，九爺跟關爺正在下棋。

「我沒幹什麼啊，我只是問它神界最美的是誰？白雪公主的魔鏡都能問，我就不能問嗎？」

「蠢貨。」關爺賞他青眼。「這是神界，你當童話世界啊？」

「拿來。」九爺接過鏡子瞅一眼。「嗟，大驚小怪。」

「我看看。」關爺湊近，兩位老神研究鏡面討論起來。

「嗯，這次裂N形。」九爺說。

「上次那個好像是W形？」關爺道。

「裂這麼點還算好的。」

「你還是快申請換把新的吧！」

「哈囉？」小柴硬擠進他們之間。「可以跟我解釋解釋怎麼了嗎？裂成這樣跟我無關吧？」

三神齊瞪鏡面，九爺說：「八成又是哪個我配對過的變怨偶了。」嘖，這怨念啊。

「鏡子都裂成什麼樣了，你到底都配些什麼人？」關爺批評他。

九爺倒看得開。「無所謂，裂就裂。人間就這樣，再好的緣分，時間在走，人情會變，感情壞掉很正常。」

「是。」小柴冷哼。「跟你配得好不好無關。」

「當然無關，配對成功後要靠他們自己，總不能自己不努力，失敗都怪神明吧？」

「就是！」關爺跟九爺擊掌，心有戚戚焉。

小柴也心有戚戚焉。「反正不管怎樣，九爺都沒錯。」照這樣發展，姻緣鏡粉碎指日可待。

「去去去！」關爺揮手趕他。「別妨礙我們下棋，到一邊玩。」

「好吧。」事主都無所謂了，他何必緊張。走回神案，他忽又驚恐奔回來。

「不得了、不得了！」聲音又拔高幾度。

「吵死了！」關爺怒摔棋子。自從小柴來實習，沒一日清靜。

「又怎了？」九爺嘆息。

「來了個肖查某。」小柴指著那邊。

什麼？九爺、關爺一齊往那兒奔。

「這什麼情況？」九爺駭退一步。

神壇下方，站著渾身酒氣的女子。她披頭散髮，眼睛紅腫，氣呼呼瞪著上方神明，身體搖晃著，看來已經喝多。

她從外套掏出高粱酒，咚地放供桌上，指著月老神像。

「當初可是您作的主，給我牽的線，但看看這是什麼？」啪！離婚協議書摔在供桌上。「他現在要跟我離婚，為什麼幫我找這種男人？我當初那麼誠心誠意求您……嗚……現在，我現在怎麼辦啦？」陶紘歌掩面啜泣。

好恐怖——小柴躲到九爺身後。「她該不會要砸神像吧？」這是職災！

「欸，沒事沒事。」九爺淡定道：「讓她罵幾句發洩發洩就好，咱們神是不會跟人計較的。」

小柴緊揪九爺袖子。「你有給她亂配對嗎？你找了壞男人給她嗎？」

「什麼壞不壞？都是在人間學習，分什麼好壞？這女的我認得，她當初多慘啊，我可是很用心幫她牽線，找到最合適的給她。」

「八成給的是個奇葩。」小柴嘀咕。

「酒品很差喔？」關爺嗤之以鼻。「不會喝就別喝，發什麼酒瘋，竟敢對神不敬，看我教訓妳——」

九爺快攔住。「沒事，咱體諒體諒，莫再刺激她。」

忽然小柴又驚呼：「她又想幹嘛？」

但見那女人拿筊過香爐，又晃回來準備問神擲筊。「既然是求了您才認識他，現在您告訴我，我該簽字離婚嗎？」

一擲出去。九爺的手往下一點。

「咦？」小柴驚呼。

九爺賜聖筊。該離。

陶絃歌好怒。「你、你牽的姻緣，你讓我離？我不管！」她拾筊杯再問：「您可能誤會我意思了，我說更清楚一點，如果認定我跟他的婚姻沒救了，非離不可就給我一個聖筊。」

她又丟出去。九爺一個比劃，二賜聖筊。

「九爺——」小柴抓住九爺的領子。「你讓我們別刺激她，結果你一直狠劈她？」

「沒事，乖。」九爺將小柴架一邊去。

好你個月老，連賜兩聖筊！紘歌不死心，想這其中定有誤會。「我可能還是說得不夠清楚，我換個問法。如果我再堅持一下，更努力對他好，甚至對他媽媽更好，他是不是就不會跟我離婚了？是的話請給我聖筊。」

她再擲。

剛剛一直聖筊，這會兒，九爺竟揮個手，賜她陰筊。

努力無用，離定也。

陶紘歌氣得跳腳。「你是說我離定了嗎?!」再擲，頗有非得問到她喜歡的結果為止。

但她頑固，九爺更頑固。一個一直擲筊，一個一直否定，不論怎麼問，全都離定。

靠，紘歌爆氣。「你月老怎麼可以這樣不負責！是你牽的線，當初結婚我還問過你，現在看衰我的婚姻要我離是怎樣？你有資格當月老嗎？你下來，下來，我要跟你定輸贏！」她開始試著往上爬，企圖翻上神壇區。

「哇靠，裂了、又裂了啊！」小柴驚呼。這回姻緣鏡呈輻射狀裂開，怨念更深了啊。

廟公聽見有人咆哮，趕快奔來，及時拉下她。「小姐妳喝醉了，別，冷靜冷靜啊！」

怎麼冷靜？她還在怒吼：「你忘了結婚時我還給你大紅包嗎？我今天跟你沒完沒了——」

「喂，警察局嗎？我們這有狀況，快派人過來，有位小姐發酒瘋——」廟公趕緊求警察幫忙。

陶絃歌又吼又哭的，終於被女警架走。

「嚇死我！」小柴驚恐。「原本以為當神之後就威風了，沒想到還要被這樣羞辱。」

九爺打了個哈欠。「無所謂啦，我朋友還被扔到溪裡，我這只是挨頓罵，沒什麼。」

「看看我這兒，我還被燒過。」關爺展示衣袍邊角。

小柴不懂。「九爺，你幹嘛一直讓她離？我看最刺激她的就是你。」

「我回她實話啊，當初幫她配對時，就知道他們倆將來會離婚。」

「什麼?!」小柴嚇退好幾步。「看來沒罵錯，你這月老真壞，知道跟那男的會離，你還敢配？」

「你也真是。」關爺也看不下去。「明知兩人將來離婚，還湊一起，你這不是討罵嗎？」

「喂，當初這位陶小姐求我賜她姻緣，開的條件是希望配個最適合她的男人。我精心挑選，找到符合七大感情類型又最適合她的。她又沒跟我說，還得保證不離婚。」

好答案，小柴開眼界。神明的腦迴路，非凡人可臆測啊。

事實上，這條奇特的姻緣線可是九爺得意之作。九爺雙手擺腰後，下巴微上揚，遙想當初，嘖嘖嘖，可精彩的咧！

「我幫她找的，是跟她屬七大類『服務型』組合。他們天造地設，一加一等於二。這兩人談戀愛能擴大對世間的貢獻，兩人的小愛化成大愛，讚。」

只有你讚吧？可當事人不滿意啊！

「所以就算他們離婚，還是好姻緣？」小柴問。

「對啊，離婚怎麼了？離婚跟他們適不適合不衝突啊？」

「我好混亂……。」小柴捧住腦袋。

九爺掏出紅色姻緣簿，裡面記錄每對配對成功的戀人。他翻開陶紘歌的紀錄，攤給實習生看。

「小柴，這個交給你。後續他們的發展，由你補記在下方。」

這是上頭近日交辦的新業務，說是世道越來越亂，希望有更多人理解世間有神，人間姻緣皆是功課未了。

小柴接下姻緣簿。「所以我只要如實記錄他們離婚的過程？」

「嗯哼。好好記錄，上頭會安排人間傳訊者發布訊息，讓人們明白，愛恨情仇都有彼此該學的功課，真正的好姻緣，並不都是人類以為的那樣，他們的案例可以成為許多人的教材。善用你的文筆，讓人們明白，離婚也可以離得很有意義。」

「是喔，目前我只感覺到怒氣，感覺不到任何意義。」

—♡—

高春華一接到電話，趕緊開車到警局領回爛醉的閨密陶絃歌。

在稍嫌凌亂的客廳裡，她們癱在沙發前的地毯上，春華叫來一堆外送餐點跟飲料。

一頭樣貌奇特的黑白色哈士奇趴在一旁。牠右眼因事故瞎掉已縫合，頭頂有條觸目驚心的蜈蚣狀縫線，是重創後的傷疤，那條疤痕再也生不出狗毛。儘管模樣恐怖，牠卻是春華的心肝寶貝。

絃歌酒稍醒，眼淚更止不住了，她向好友哭訴。一向溫柔的高春華，聽完也忍不住拳頭硬起來。

「方同舟瘋了嗎？這事妳有什麼錯？還有，他方同舟有什麼好累的？妳平時忍氣吞聲多久了？不就跟他媽爆發一次而已，才一次耶，這樣他就想離婚？李正赫跟敵國的尹世理談戀愛都不怕累了……。」

「李正赫是誰？」

「北韓軍官。」

哦。「最近在追哪齣？」

「《愛的迫降》啊，玄彬超帥孫藝珍超可愛。這齣編劇很強，我重看五遍還不膩，敵國間的戰爭對戀人來說真是太殘酷了。」看這齣都不知哭掉幾包衛生紙了，高春華非常感同身受。

陶紘歌嘆息。「偶像劇都假的，不現實。」

「不現實但很安全，難道要像你們這樣現實地戀愛結婚，生出一堆鳥事，然後哭哭啼啼鬧到警局？妳酒量差，還敢一個人喝到爛醉跑去廟裡發瘋？拜託妳要注意自己的安全啊！妳知道我遇過的事吧，女孩子一個人晚上在外面跑很危險的。是不是，大華？」

春華親了愛犬頭頂傷疤，又剝開炸雞的雞皮，撕了雞肉餵愛犬。

陶紘歌抽面紙擦淚。「我都要被離婚了，還管什麼危不危險的……他都拋棄我，不要我了……。」她又嚎起來了。「沒想到就因為我罵了他媽，他就心疼到要跟我離婚，我不甘心。」

「妳罵得好，誰要是敢叫我拋棄大華，我也翻臉。」春華撫了撫心愛的狗兒，狗兒也舔了舔她指頭。「但我也真沒想到你們就這樣鬧離婚，當初我還是證婚人。」

「不要說妳沒想到，我自己都嚇到。妳看，他簽名都簽好了。」她們一起瞪著離婚協議書。

高春華很困惑。「方同舟不是常幫偏鄉孩子嗎？我以為他很善良，沒想到這麼無情，說離就離。」

陶紘歌躺平，雙手舉高離婚協議書。「真邪門，不管我怎麼擲筊，月老都說我們離定了，我就是想努力也沒用。可當初這姻緣也是跟月老求來的，同一個男人，同一尊神，怎麼三年前三年後，結果就不一樣？」

「所以我根本不信月老。」高春華看向爺爺房間，老人家已睡熟，她壓低聲音說：「當初妳更不該學我爺爺去拜。妳說，那時要不是因為剛拜了月老就遇上姓方的，妳會那麼死心塌地認定他？」

「可我的失眠症是他治好的。」

「那是巧合，他是修電腦的，又不是醫生。」

「沒想到為了跟我離婚，他什麼條件都答應。太突然了，我沒真實感，我接受不了——」

春華瞇起眼，懷疑道：「欸，最近他有沒有什麼反常的？我跟妳說，根據我的經驗，男人突然急著離婚，可能是為了跟小三在一起，而且……那個小三她懷孕了！」

「這是根據妳的看劇經驗吧？我是失婚，又不是失智，對方同舟這點信任我還是有的，他沒外遇。」

「妳確定？妳查過他手機？臉書看過沒？有沒有可疑的臉友？」

「我確定。」他怕煩，所以沒臉書，手機密碼是她的生日，工作忙時就由她代聽電話代回訊。他的存簿密碼她也有，要錢用隨時可取。他更沒有備用機，因為連工作的隨身背包，都交給她收納整理。

可以說，方同舟從頭到腳她瞭若指掌，他對她沒有祕密，因此他提離婚才更令紘歌震撼。

陶紘歌嘆息。「妳知道嗎？這才是最讓我難過的。」

方同舟這個人，最可怕的就是他不需要任何人，也能好好過日子。當一個人活得這樣獨立，他就無敵。可是在他身旁的人，只會被不安籠罩。

因為他隨時可以沒有妳。

打從紘歌愛上他的那一刻起，就積極爭取他，盼著被他需要，最好是不能沒有她。但方同舟就是個不會為愛瘋狂的人，永遠情緒平穩，不慍不火，不可能濫情，更沒人可讓他失控。

所以自他們相遇的那一刻起，她就注定是輸家。

「會讓他提離婚只有一個可能，不是小三什麼的，而是他對我厭煩了。」這才是最令她沮喪的。「這下他媽可得意了。他媽還說什麼養兒防老，說要是我生孩子，跟他的感情才會更穩定。拜託，害我們感情不穩定的就是她！」

「養兒防老？這什麼落伍觀念？」高春華嗤之以鼻。「我們這麼努力賺錢了，都還只是過得勉勉強強，難道還要寄望讓兒女背上照顧我們的責任？」

「就是，她還罵我不生孩子很自私，會害了她兒子。拜託喔，叫人家生很容易，但世界又是暖化又是戰爭又是經濟危機又是通膨，到底我能不能生養孩子讓他過好日子？我跟同舟都沒把握。我們也不是好野人，現在的生活雖然還可以，但是有店租有房貸，雖然他有固定在存周轉金，但只要有個什麼意外，我們根本沒那個本錢挺住。

「那天我才跟客戶聊天，她也被婆婆催生。她說現在是越愛孩子越負責任的人越不敢生，反而是生活過得亂七八糟，越是隨便地生養孩子，結果發生那麼多虐童事件。

「我跟同舟早想通了，我們不生孩子，但萬一將來條件很好，真喜歡孩子，他也可以接受領養。他說，很多偏鄉小孩或原民部落都有孩子需要人幫忙照顧……。」講到這裡，她又掉淚了。「但現在都不可能了，我們分手了。」

紘歌又哭了，高春華幫她拭淚。看好友這麼傷心，她也好難過。

「換個角度想，妳離婚也是解脫了，未必是壞事。我光是看妳這三年婚姻生活有多憋屈，再聽聽那些已婚客戶的抱怨，真慶幸自己單身。」

高春華灌一大口啤酒，站了一天的長腿掛在茶几上休息。她用按摩棒捶打大腿，舒緩緊繃的肌肉。

「要是讓我每天工作十幾個小時，應付客戶陪聊陪聽訴苦，回家以後還要照顧老公情緒，應付婆婆的要求，整理居家環境，逢年過節還要去夫家好好表現，我到底結婚幹嘛，是拿石頭砸自己的腳吧？」她撫著愛犬大華說：「像我現在，下班回家鞋一踢、東西扔下就可以躺平休息，也不用煮飯，都叫外送。

除了爺爺比較番，其他人都不用應付也沒人管，要我去緊張兮兮戀愛結婚？我不幹。」

像要附和主人的話，大華舔了舔春華的臉，趴向她腰側，蹭著她睡覺。高春華撫摸牠。「只要有大華跟爺爺就夠了。」

她決定不婚，無法為誰撇下爺爺，婚姻會打亂生活步調，增添顧慮，失去自由，太不方便了。

「我也知道自由無價，但是我跟他生活太久了，現在自由了反而會怕，我沒法想像失去他的生活。」

「可是決心要走的人，妳怎麼留得住？既然他狠心，妳再不放下就太蠢了。幸好沒小孩，趁早斷了也好。我幫妳剪個帥氣短髮，重新開始。妳這麼漂亮，喜歡妳的人多得很！」

「可我無法想像自己還能愛上別人。」

「大家都這麼說，最後還不是都活下去愛上別人？別氣餒，妳要過得比他好，讓他後悔離開妳，拿出妳的骨氣來！」

「好。」陶絃歌拿出筆，攤開離婚書要簽字。

「等一下。」高春華及時握住她的手。「他答應房子車子存款都歸妳，妳等他過戶完再簽。」不愧是開店當老闆的，腦子很清楚。

「那些我不稀罕。」揮開她的手，紘歌寫下名字。「房子是他媽買的，硬過給我，他媽會鬧，我絕不能讓他媽看扁我。車是他買的，我用不到也沒必要爭。存款那些我會領走我那一份。」

「妳想清楚，妳不只是離婚，也在他那裡工作，除非要繼續去上班，否則妳還失業。」

「找工作不難，我只要黑糖歸我。牠不能跟著方同舟，誰知道他媽會不會又害牠不見？」

「房子不爭，妳之後住哪裡？」

「跟爸媽住啊，他們還留著我房間，以後可以好好陪他們了。」婚後回娘家還要顧慮婆婆感受，以後都不需要了！

「妳要考慮現實，妳三十四了喔，帥氣不能當飯吃。」

「至少要對他帥一回吧？」

以前巴著他打轉就算了，如果連最後離開都要巴望他的東西，她覺得自己太可悲。

春華替她不值。「所以轟轟烈烈愛到最後就這樣？什麼都沒留住。妳啊，記得嗎？當初愛上他時處處討好，現在要分開才記得耍帥，沒必要吧？」

有必要，我在乎最後在他心中留下什麼印象。

曾經緣分來時，她用盡全力迎接；如今分開，起碼留下讓他欽佩的背影。那就是揮揮手，不帶走半點雲彩。因為真愛或許不能無敵但高尚，比那棄守的人高尚。

日後當你想起，你會懷念而非恨我吧？因為心中有愧的人是你啊！

方同舟，這是我陶紘歌的骨氣。我不允許深愛過的你，最終有一絲絲瞧不起我。

月老箴言

004

平

在人間學習，分什麼好壞？
愛恨情仇，都是彼此該做的功課。
所以，真正的好姻緣，
並不都是人們以為的那樣。

02

倚著入秋後禿了枝椏的櫻花樹坐著，九爺啃著蔥油餅，很是感慨。「唉，這年頭，神越來越難當，要助人還得詳細記錄緣由，神的地位一落千丈，可悲啊可嘆。」

小柴蹲在一旁看姻緣鏡，攤著紅色姻緣簿，咬著筆，正在了解陶紘歌跟方同舟的感情史。

「哇噻，這陶小姐當初憔悴得像鬼。」

鏡裡的人在電視台錄影現場奔波忙，協調各方人馬。她有嚴重黑眼圈，皮膚乾燥頭髮焦枯，整個人像被扔在沙漠快死絕的枯草。

九爺哼道：「若非我妙手安排，她早就缺愛而亡。」

美女似花，也要環境滋潤才能一直美下去。像她，疲倦愁煩壓力大，再美也枯萎。

陶紘歌本是個美女，長睫毛大眼睛，小而圓挺的鼻，長相很甜美，一頭秀髮如瀑烏黑濃密，膚白似雪，這柔嫩的皮相足見被父母養得極好，還曾是藝校班花。

哪知道，畢業後進製作公司做通告，日夜加班幾經摧殘，四年後，美女變妖怪。她暴瘦十公斤，壓力大，得了失眠症，常忙到在公司過夜，日夜披頭散髮出入邋遢。

嚴重失眠讓她走路恍惚像阿飄，美麗的嘴唇因過度講話都乾裂，人生全耗在喬通告協調事，說服宣傳、經紀、大明星……懇求誰來上節目。

應製作人侯哥要求，陶紘歌還練出舌粲蓮花好本領，謊話張口就來。

「蘭姐，這集沒妳藝人真不行，聊美容誰比秀智更專業？拜託十八號那天留給我們，小的求您了。」

為了敲到通告滿嘴跑火車，終於發來藝人，結果又因腳本問題得罪人。

蘭姐看完最新播出的綜藝節目，半夜打來咆哮。小通告的手機禁止關，天涯海角也能罵到她。

「妳有沒有良心？說是講美容，結果哄我們秀智唱歌，然後下那個什麼該死的標題：〈人美唱歌像殺豬〉？妳設計我是不是？好笑嗎？好笑嗎?!」

好好笑，收視率很高，播出後觀眾留言踴躍，但紘歌知道她慘了，又被製作人擺一道。果然，她又出來擋刀了。

「蘭姐，我不是故意騙她唱歌，這突發狀況是後製亂下標。我也覺得這標題爛，我已經罵過編劇跟後製。」

「裝，再裝嘛！這就是設計好的腳本，妳沒良心會有報應的！」

嗚，姐，我人微言輕，我也只是個小通告啊，別詛咒我啊！

諸如此類，反覆發生，她豈止黑鍋背到駝背，心肝腸都被罵到黑。儘管嘴上能言善道，肚裡卻消化不良。

陶紘歌很不開心。唸書時，心願是將來製作出讓人開心的綜藝節目，最好還能啟發人心。入行方知，啟發人心還沒有，自己的心先壞掉。

違心話講多了，她甚至懷疑起自己的品格。但同行勸她，偉大的理想要先經歷修羅場，製作人都是這樣修煉過來的。她開始懷疑修羅場還沒走完，自己已變鬼下去修羅道，身體撐不住啊！

「睡不著就抄佛經、唸心經，很有效。」同事阿海分享經驗。

她照做，心經抄N遍，幻聽沒減少，眼圈更黑。

「冥想呢？試過沒有？靜心冥想救了我媽的憂鬱症。」宣傳小敏建議。

她照做，點開影片盤坐在地，跟著呼吸吐納。不得了，這一靜下來，腦子更活躍，瘋狂想著誰的通告是幾點，明天的通告怎麼說服對方？還有那個超難搞的藝人，製作人要退通告，自己要找什麼說法？她家經紀可是粗話連篇的機八男。

好，這下更難靜心休息了，不只失眠，還狂起疹子。

好友高春華介紹中醫給她。「我皮膚過敏是她看好的喔。」

厲害的女中醫六十多歲仍童顏，烏黑長髮垂到地，據說是為了接地養氣。白袍素顏，仙氣逼人，盤香先點上，默默幫紘歌把脈良久，給出結論。

「妳沒毛病啊，就是壓力太大荷爾蒙失調，身體系統紊亂。」她雙眸含笑柔聲問：「很久沒戀愛了噢？我可以開藥給妳，但最好的藥就是去好好談個戀愛，刺激身體荷爾蒙，讓它恢復正常。」

「我怎麼戀愛？我電視台、製作公司、回家，三點一線，鎮日飆來飆去的，我哪來第四度空間談戀愛？」她把看診結果跟好友說。

「也是，而且戀愛要看緣分，也不是想戀就有得戀。」高春華嘆息。「我也沒什麼人可以介紹給妳。」

陶紘歌忽地靈光一閃。「欸，求月老怎樣？妳爺爺常說的那間廟啊，我去拜拜看。」

「我覺得沒效。」

「絕對有效！」高爺爺不知幾時埋伏大後方，突然從廚房現身，舔著冰棒走來。

「這麼晚了還吃冰？」高春華生氣了。

「好，不吃。」冰棒扔在地，冰棒不重要。

高春華倒抽口氣。「你就這樣扔地上？」

幸好大華衝出來，秒速舔乾淨，保證連螞蟻都嗅不到它的那樣乾淨。好傢伙，春華微笑，朝愛犬展開雙臂，狗狗立刻撲進她懷裡。

高爺爺不要冰棒了，傳福音更要緊，他硬是坐進她們之間。

「小陶啊，妳知道當初我跟春華奶奶怎麼認識的？就是月老牽線的啊！我跟妳說，那間月老真的很神，我跟她奶奶因為——」以下老調省略。

總而言之，為了那死絕了的荷爾蒙，紘歌去拜月老了。

而月老也真神，拜完第二天深夜，就發生了那件事——

—♡—

凌晨兩點，陶家房間，紘歌坐在書桌前，正一心多用。她一邊給手機充電，一邊透過 WhatsApp 和宣傳敲通告，一邊跟同事通電話，還快速在手機裡排定通告。

突然間，螢幕黑掉。

不會吧?!她嚇呆。

剛排妥的通告表，聯繫到一半的訊息全沒了？很多資料還沒備份啊！能開機就可以備份資料，但手機很燙，怎麼按都沒反應。

她趕快找出備用機，查附近維修站。但營業時間早過了，打去都沒人接，僅剩最後一間評價極低只有一星、負評滿滿的「方舟電腦」維修站，修電腦也修手機。也是早早過了營業時間，但這是她最後的希望了。

陶紘歌打過去，鈴聲一直響。她暗暗祈禱，拜託拜託，拜託接電話啊！

終於——彼端電話被接起。

「喂？」

她震住，那是一個很特別很低沉的嗓音。回過神，她急道：「對不起這麼晚打給你，我手機突然故障，我又急著要備份裡面的資料，可是它現在完全沒反應，連重開機都沒辦法，我明天一早又急著用，所以——」

「拿過來。」打斷她冗長的解釋，他說。

「可以嗎？現在喔？」

「嗯。」

「太好了，我現在立刻過去，謝謝你。」衝出門，跨上機車，快快快，半小時飆至。

整條商店街，只剩一家店還亮著招牌燈。深藍字體的「方舟電腦」就是此刻的明燈。紘歌停妥機車，推開店門走進去，霎時像走進重機房，被低頻機械運轉聲包圍。

「老闆——我剛有打電話來。」

在堆滿電腦、硬碟，各種機體的長形空間盡頭，是一張銀色鐵製大辦公桌，桌上展開著三台筆電，桌後坐著的男人抬起臉。

他神色淡漠，穿著黑色帽T，線條分明的瘦削臉孔上是一對細長鳳眼，有著黑貓般神祕的氣質。

紘歌走向他。「謝謝你這麼晚還肯幫忙。」恭敬地拿出手機呈上去。「你看看，它沒反應，我不知道它怎麼了，我當時還在講電話。」

他沒起身迎接顧客，只沉默地接過手機，試著開機。

她急問：「是壞了嗎？還有沒有救？知道什麼原因嗎？」

「要跟妳解釋，還是先幫妳修理？」

她愣住，連忙改口。「對不起，不用跟我解釋，反正我不懂，你修。」

「我先說明，假如是硬體問題要拆機，就算結果沒辦法修，一樣要收兩百元檢修費，能接受嗎？」

「當然。」陶紘歌想了想，又問：「這麼晚害你加班，要不要我額外補貼你一些費用？」

方同舟聽了，若有所思地看著她幾秒，只回：「不用。」他取出維修單。「同意就在這欄打勾，填上基本資料。那邊有椅子，好了叫妳。」

「嗯，麻煩你了。」她再次拜託。「這支手機很重要，我不能失去裡面的資料。」

「就算手機壞了，資料也會幫妳救回，不難。」他說。

這一句，接住她懸著的心。老闆這樣懶得聊天又欠熱情的態度，反而讓紘歌放鬆。

她走向一旁椅子坐下。椅背後，沿牆是一張長條鐵桌，擺放成堆電腦，散熱用的風扇高速運轉發出低鳴。

她靠著椅背，摟著包包，望著店外橙黃路燈下的黑暗馬路，無聊到甚至數起路燈。一盞、兩盞……她忽然恍惚了，陷入黑甜夢鄉。

這正是長期失眠者最怕的，遭睡意突襲，卻置身陌生處。等她再有意識時，驚覺到自己竟睡著了，倏地站起。怎會這樣？抬頭看時鐘只過了半小時，但感覺恍如隔世，且精氣神飽滿，久違的神清氣爽。

這麼高品質的睡眠太令她感動了，轉身一望，那男人還是一張冷冷的厭世表情，正拿著起子在整一塊電路板。

「醒了？」他頭也沒抬。

「嗯。」陶紘歌尷尬，臉一陣熱。「我的手機？」

「好了。」

這麼快？紘歌走過去，方同舟遞上手機。「我移除造成衝突的 App，它會讓妳手機過熱導致故障。還有，盡量避免邊充電邊用手機。」

「好的。謝謝你，總共多少？」她打開皮包。

「不用錢。」

「蛤？為什麼？」

「手機沒壞，我十分鐘就搞定，但妳睡著了。」方才他走到她面前低頭瞪她，她卻張嘴憨睡毫無知覺。厲害了，被賣掉都不知道吧？

「真對不起，」紘歌忙解釋。「因為我失眠很久了，也不知怎麼突然就睡著。這麼晚送修還讓你等，真的是很抱歉，你一定要跟我收費——」

「我說不用。」他冷漠且堅定，彷彿她再堅持會惹毛他。

她愣住，感到困惑，偏著頭打量他。

「還有事？」他問。

「只是覺得……有點奇怪，你這家店的Google評論怎會只有一星？你服務挺好啊？」

「妳一直謝又拜託的，我服務自然好。」

「哦，所以那些負評是？」

「被罵跑的奧客留的。」

陶絃歌笑了。「原來如此，那麼，最後再謝一次，你救了我一命。」她笑著一鞠躬，順手拿了他名片。「方同舟？我記住你了，以後努力推薦這裡，晚安囉。」

他點點頭，沒起身送客，不將不迎，繼續整他的電路板。

陶絃歌推開門，走出店外。冷風襲面，菩提葉紛紛飄落，一枚葉片輕觸她額頭。

清晨三點，望著無人馬路，一整排的燦黃路燈靜立著，她忽心有所悟，轉身又推開店門，探身喊：「方老闆？」

他抬起臉。她高聲問他：「魯肉、雞腿、三寶、烤鴨、素猴頭菇飯，你選一個。」

他遲疑兩秒。「魯肉。」

「好，等著，明晚帶超好吃的魯肉便當報答你。」沒等他回應，她閃了。

她興致高昂地離去。這肯定是神的安排。昨天才拜月老，今天就遇上這麼特別的男人，還在他地盤睡了好覺，定是月老顯靈。

她臉龐熱燙，心在狂跳。啊，是荷爾蒙，它來了，在體內跑起來了，像乾涸龜裂的土地終淋上雨被滋潤了。

回家洗完澡，躺到床上時，陶紘歌還在為方老闆心緒澎湃。她將手機貼在臉龐，彷彿間接貼近他的指紋，撫著機身笑。

「幹得好啊寶貝！」想了想，登入 Google 地圖點開「方舟電腦」，賞五星好評，留下評論：「老闆貌似冷酷，但技術好不會亂收費。彼此尊重，必能得到絕佳體驗。」

彼端，方同舟收到新評論，猜到是剛剛那位黑眼圈嚴重的陶小姐。查看她在Google的其他評論，無一條負評。看來她只評論喜歡的店家，頓時，方同舟感覺她有點可愛。

她來時像鬼，披頭散髮神色驚惶，彷彿手機壞掉她會死。但小睡片刻後，整個人發亮，笑容滿面。她是方同舟遇過最客氣有禮的顧客，而他恰恰最在意人與人之間的「尊重」。

當她踅返高聲喊出一長串便當名稱讓他選，而非自作主張就買來送他，這點，方同舟感覺極好。

陶絃歌？她有個好聽的名字。

他很少特別留意顧客名字，但她不同，她給他留下極好的印象，一個午夜奔來，禮貌有趣的女子。

—♡—

陶絃歌是怎麼養成的？

她是獨生女，爸媽高齡得女，所以被當公主寵大。爸媽篤信「女兒富養」才能避開渣男，所以她不懂烹飪、家事少做，雙親不要她溫良恭儉讓，怕她善良會吃虧，只盼女兒開心，任性都無妨。

他們給紘歌的觀念是不婚跟爸媽住一輩子都行，房子雖是租的，但爸媽的退休俸還是夠女兒花的，安心啃老，來吧！

但她沒啃老。

也許物極必反，被如此養大的女兒，可能是被澆灌太多愛，多到滿出來，導致陶紘歌滿腔服務熱誠，唸書常當班長為老師同學服務，工作常透支自己又吃盡苦頭。

所以做人別刻意，刻意就扭曲。陶紘歌被當公主，養尊處優沒學會，反而犯賤般活成拚命三郎，腦中積累大量豐富的服務經驗，哪兒有好吃好喝好康可買，她都清楚。

像她這樣的女子，一旦戀上誰，就是一陣龍捲風。

一旦心動為愛暴走，沒在客氣，十八般武藝恨不得全使出來，取悅對方。

於是認識方老闆的第二天晚上，紘歌在錄影現場主動幫同事代訂便當，強烈推薦魯肉飯。

放飯時，她拎了便當火速飆到「方舟電腦」。看看，真要愛，三四五度空間都不是障礙。

「魯肉飯來了。」安全帽沒脫，闖入店內，她氣喘吁吁地喊：「金仙魯肉飯分店很多，但這家最讚。你試試，我趕回去上班了，昨天謝啦……。」如風一陣闖入闖出，不到五分鐘已消失。

她是龍捲風嗎？方同舟坐在桌後看她冒失來去，連謝都沒說上。

打開便當，熱氣襲面，撲鼻的是鹹甜的魯肉香。嚐一口，魯肉軟爛油潤拌著Q彈白飯，好吃極了。

忽然有人推門進來，三層日式餐盒落在桌面。

「噯，你幹嘛叫便當？」吳心蓮坐下，跟兒子說：「我昨天不是有LINE你，說了要給你做便當？」

「我不是有回『不用』？」

不用她還是要做。「真油膩。」吳心蓮嫌惡地推開魯肉飯，然後胖臉突嚴肅起來。「兒子，你聽好了，媽現在要跟你說的事非常重要——」

「什麼事？」

牽起兒子的手，吳心蓮輕撫著，同時盯著兒子眼睛，嚴肅道：「醬油不是醬油，羊肉不是羊肉，火腿不是火腿，胡椒也不是胡椒，辣粉更不是辣粉，鮮奶也不是鮮奶。」

「什麼？」

「醬油不是天然釀造而是化學調的，羊肉摻了其他的肉，火腿用化學添加物組成，胡椒是假的，辣椒粉是染的，這都是科技的狠活，這就是現在外食最嚴重的問題。你知道這幾年有多少人得大腸癌嗎？你是不是都沒看新聞，怎麼還敢吃外面的便當？你可以買給朋友吃，但你自己不可以吃。」

又滑了哪些抖音？迷了哪些博主？方同舟嘆息。「媽，真要對身體好，就少看新聞少滑手機，這樣怕下去，都不用活了。」

「吃是很重要的，千萬不能小看啊。寶貝，你還好，你有個很會做飯的媽媽，這是你比別人幸運的地方。要不現在食安問題這麼嚴重，都吃外食就慘了。你聽好，以後要是找老婆，那種不會做飯的絕不能娶，禍延子孫啊！」

「媽。」方同舟指了指牆上時鐘。

「知道知道，趕我走嘛。」

「開店的時候，我們怎麼約定的？妳已經違規三次。再這樣突然跑來，妳跟朱阿姨她們出去，我就不當司機了。」

這不行，她跺腳急了。「齁呦，誰叫你都不回家，電話也不打，我給你做的便當只好自己拿來啊！」

「知道了，週末回。」

「那好，媽一次把七天的飯菜都弄好，你要吃的時候只要微波就搞定。」

「不用這麼麻煩。」見母親癟嘴，他再次嘆氣。「好好好，我拿。」拿了不吃可以送鄰居，遠比這麼跟她盧下去輕鬆。

「來，快吃。」吳心蓮興沖沖地打開餐盒。「給你煮了清蒸鱸魚、蛋卷、花椰菜炒蘑菇，還有媽媽的一顆愛心。」說完，她寵溺地看著兒子，眼裡滿是愛。「快吃啊，跟我說說最愛哪一道，媽回去要做筆記呢。」

光是記錄兒子從小到大愛吃的就有三大箱筆記本。心肝寶貝是遺腹子，她愛之入骨，把他當王子般地呵護養大，養到這麼高大帥氣，驕傲啊！

可惜王子不領情。「我晚上吃。」方同舟推開日式餐盒，魯肉便當挪回來繼續吃。

「唉，這個便當不要吃了，都不知衛不衛生。最近美食街的中毒事件鬧多大，死三個啊，媽會來也是因為擔心你，特殊情況我得來看看。」

每次都特殊情況，上回送傘，上上回送外套。以前他在科技公司當軟體工程師，媽也這樣三不五時探班，總有理由擅自侵入他的生活，把他的警告當耳邊風。

「我晚上再吃妳做的，快回去，我等下要忙了。」

「好嘛。我走，這魯肉飯我順便扔掉。」說著就順走便當。

驀地，她手腕被掐住。

「放下。」兒子嚴厲道。

她趕緊放開，知道兒子要生氣了，趕快耍賴。

「寶貝，要好好吃飯喔，記得跟媽打電話不要只用 LINE，媽不吵你，媽回去。」吳心蓮熱情地抱一下兒子，刷足存在感才離開。

她是開心了，但身為兒子的很煩累。

被當生活重心就算了，偏偏她耳朵硬，常意見不合需溝通，溝通到最後照樣雞同鴨講，只有她自己通。

母親永遠以她認同的方式對他，這偏執的愛護令他窒息。久而久之，方同舟學會一件事，與其溝通不良浪費力氣，不如沉默，放棄表達。

反正最後，媽也只會照自己的意思推進。表達自己還有必要嗎？如果對方只聽自己愛聽的。

被時間養肥的感情，如果只拿來情勒，倒不如保持距離。

他不愛回家，討厭私生活被滲透，當媽媽撐起母愛保護傘，他沐浴在凶猛的母愛下，不覺溫暖，反而一次次被灼傷，漸趨冷漠封閉。

方同舟是被這樣養成的，因此他深刻理解，不尊重個人意願的愛護跟喜歡，是一種暴行。

而什麼是「尊重」？尊重是在行動前會先問你，重視你的自由意志。你不必費口舌為自己的種種選擇去說服或解釋，你感覺到自己被完整接納。

在陶小姐的言行裡，方同舟充分感受到被「尊重」。這一點，在別人或許微不足道，他卻感到愉悅舒適。

吃完魯肉飯，放下筷子。拿出陶小姐填的個人資料，給她傳簡訊。

「好吃，謝謝妳。」

很快，她回訊：「檸檬磅蛋糕跟伯爵紅茶蛋糕，你覺得哪個更好？」

方同舟想了想。「伯爵紅茶。」

「有家超好吃的伯爵紅茶蛋糕，改天帶給你。」

「好。」

一問一答有來有往，不客套不矜持更不見外，都以訊息往返，彷彿已當彼此是自己人了。

當下，她人在錄影現場。小歌星正在哭，訴說剛出道時被羞辱的委屈，執製煽動台下觀眾群，快快做出各種催淚的表情。

陶絃歌呢？她蹲在旁邊地上，刷看手機簡訊，暗自竊喜地嗤嗤笑。他發來的簡訊都很短，她卻看出了意思。

這是通行密碼，鼓勵她到他的地盤去，他不會擋。

電視台錄影現場，常會供應各地美食，認識方同舟以後，陶紘歌開始會將自己的那一份美食帶去跟他分享。

給了伯爵紅茶蛋糕，還有後續的蕈菇義大利麵。帶去極品珍奶後，又有古早味紅茶跟進；甚至是出沒無常的隱藏版牛肉漢堡餐車，因為被請去錄影，送出大量漢堡，她用保溫袋小心收妥，趁休息時化為粉紅熊貓外送給他。

而平白享用太多美食，作為回饋，方同舟也開始免費幫陶紘歌檢修3C產品，並主動提議要幫她的手機換膜。為她眼睛好，換上高檔抗藍光又防窺視的高級保護貼。

方同舟幫她手機換貼膜時，陶紘歌坐在桌子一側，著迷地看他每個動作。他手指長，手勢穩，撕下舊膜，對齊平整，摁壓捋順。她羨慕手機，她也想躺平，想入非非啊！

當貼膜完美地與螢幕黏合，他叫她過來看，她湊近，更是浮想聯翩，想要像保護膜緊挨他身體。她聞到他身上乾淨的皂香及隱約透來的熱氣，喔買尬，她暈眩，只好漲紅臉孔，用力盯著手機，怕被他發現腦中畫面。

「怎樣？」他問：「差很多吧？用這種貼膜眼睛比較舒服。」

她坐他右側，托著臉龐，指頭撫著螢幕，瞅著手機低聲說：「貼得真好……我很喜歡。」

從方同舟的方向，只見那一蓬垂散的黑髮，看不見她緋紅的臉。他還是那淡然的口吻。「下次筆電帶來，給妳換抗藍光的保護膜。」

「哦？好喔，謝謝你。」

那能不能也保護我？唉，幸好他看不見自己的臉，已經連耳根都紅了。

他們自然而然地開始常常互動，她會來跟他分享美食，吃吃喝喝，在他的店待上一會兒。

他雖不好客也不擅聊天，常常吃完美食就悶著修電腦，忙他自己的事，但也不會趕她走，隨便讓她在一旁自找娛樂。

陶紘歌喜歡假裝滑手機，一邊偷瞄他，看他坐在桌後，低垂眼眸，拿工具維修拆解各種硬體設備。

方同舟專注工作時，比花枝招展的明星更耀眼。在3C中，他像王，料理那些硬邦邦的機械，擺布它們排除故障，經他教訓，它們全都乖起來。

看他維修很紓壓，紘歌身心愉悅，很被療癒。

除了熟稔起來變朋友，他們還奇怪地有了某種默契，都不跟對方要LINE、WhatsApp、微信、臉書或IG，像有共識，就用老派的簡訊聯繫。

一旦超額就要收費的簡訊，在習慣訊息免費的時代，誰還稀罕？但不那麼即時方便，這樣更好，只有我跟你，還傻傻用它。

而這是否代表，彼此是特別的？陶紘歌有浪漫的遐想。而且她太煩免費的通訊軟體了，不想將方同舟名字框進去，淹沒在密密麻麻的頭像裡。

因為他最特別。

他們用簡訊聯繫，沒幾天數量就超額，後續發訊得付費。但付費了感覺更珍貴。簡訊宇宙就像紘歌的第四度空間，像她跟他獨擁的小天地，是跟現實世界區隔的浪漫基地。

而方同舟哪怕簡訊超額了，也不跟她說：這要收費，改用 LINE 吧？相反地，哪怕回她「好」、「可以」這麼簡短，他也用簡訊，浪擲額度。這教絃歌心裡甜，覺得他們的訊息比普世男女的 LINE 往返更珍貴。

方同舟喜歡用簡訊，討厭 LINE。媽媽常狂發 LINE 關心，他的 LINE 一打開，壓力就來。他也不用臉書，年少時曾有帳號，被媽媽發現，母愛留言狂洗版，引來同學訕笑，自己尷尬。

可現在，他竟不自覺地每天跟絃歌隨興發簡訊。

常常她來的簡訊是：「中午帶奶油泡芙給你，你配黑咖啡吃，很讚。」又或者他回：「不用趕，下班再拿來，一起吃。」

她又回：「你先吃，我們錄節目，都不知道幾點收工。」

然後他回她一句，有點尷尬，刪了重打，發出去：「沒關係，我會等。」

給她的簡訊短，心中感情卻開始滋長。

喜歡在與日俱增，不擅表達，所以他用自己的方式善待她。除了幫她手機換保護膜，後來還送防撞手機殼。給她的越來越貴重，甚至幫她換新手機。

「反正是廠商送的。」他找藉口送得很隨便，怕她有壓力。

如果這貴重物品是別人給的，陶紘歌會拒絕，但他給的，她臉紅紅地收下了。她不蠢，能感覺這座冰山在暖化。

儘管方同舟表情少話更少，但執行力很強。知道她是3C小白，送手機的同時還義務幫她轉移資料備份影音照片，顧妥手機相關需求，像已將她手機甚至筆電各種3C品都納入自己麾下，盤在他的王國，由他負責管轄。

他這樣主動積極愛護她的物品，算不算是一種溫柔的宣示主權？

陶紘歌甜蜜地想，可惜他從不說分明。

—♡—

陶紘歌混跡電視圈，繽紛多彩來自喧譁處。而方同舟定靜寡言，孤守一方宇宙，喜愛灰跟黑，常穿連帽T及口袋很多的工裝褲。

在她眼中，方同舟像隻黑貓，隱在那些高速運轉有堅硬外殼的機器之後。

他聲音低情緒穩，喜不形於色，怒不顯於外，加上惜字如金，都不知他心中真正想法。但知道他有驚人耐性，可安坐長桌後極久，專注拆解重組電腦、手機和各種電器品，這是他的魅力。

而迷戀，像秋風掃落葉，她就是那躺平的落葉。他是風，害她發瘋。陶絃歌的荷爾蒙一被催醒，就如蛾撲火，熱烈奔向耀眼處，他就是那明燈。她想著要天天奔向他，卻苦於沒有好藉口。

所以當發現他店外貼出招募工讀生告示，她速闖店裡，手指公告。

「我要應徵！」

「我招的是工讀生。」

「我知道，待遇普薪水少，我可以我沒問題。」

這口條伶俐害他愣了會兒才反應過來。

「但妳電視台的工作……？」

「薪水高但時間長，身體會壞掉，離過勞死又近，我早就想辭。」

方同舟看著她，沉思起來。

都講這麼白了，他還考慮什麼？她緊張了。「怎樣？不行嗎？」

「已經有人應徵。」

「但我更優秀！」好機會不等人，萬一工讀生是女的，跟他朝夕相處，我會瘋掉！「一定要學生才行嗎？我也是工讀生，我攻的是社會。而且我又沒要更高的薪水。還是嫌我老？你的顧客都喜歡年輕美眉？這也簡單，妝化一化女鬼變仙女，別看我這樣，我以前還是班花——」

他笑了。這麼小的職位，難得她這樣踴躍應徵。「那好吧。」

「你不會後悔。」

「我從不後悔。」他說。

方同舟又不笨，讀書時也常被女同學追。他能感覺到她的喜歡，還意識到自己在改變。令他驚訝的是，原來被喜歡也可以很愉快舒服。他竟然喜歡被她關注。

他從沒經驗過這樣溫暖又舒服的對待，更從不知道被關心也能這麼自在。曾因母親過度保護，他認為自己厭惡被打擾，討厭被照顧跟被喜歡，因為壓力跟負擔會隨之而來。

但她光臨，他不煩。不只不煩，甚至還聽懂她摩托車的聲響，甚至調大手機簡訊通知，甚至像頭寂寞忠犬固守地盤，被她投食久了，也就這麼被她豢養起來，把心慢慢給出去。

就算他們只是常發發簡訊，就算見面了也不太講話，就算常只是一起吃喝，然後各做各的事。但滴水可穿石，無聲就潤物的，最是狠。

方同舟感覺自己被紘歌改變，好像打開了什麼，然後溫暖的風吹進。

他一個人時，常想起她說過的話就笑。儘管他們來自不同宇宙，卻被緣分圈起來了。

—♡—

「妳要辭掉工作？工讀生？三十一歲的工讀生？」高春華震驚好友的決定。「工讀生一個月才多少？」

陶紘歌深夜拎炸雞過來，和好友喝酒聊心事。

「錢少沒關係，重要是能天天看到他。」她笑咪咪地啃雞腿。

「他有這麼好嗎？」

「總之妳以後手機啦電腦啦故障了都交給我，我會有員工價。」陶紘歌喜孜孜地展示新手機。「妳看，這是他給我的手機，這還是他幫我貼的保護貼。說是可以抗藍光，對眼睛很好。等我去上班學會了，改天也幫妳換。」

「他這麼大方？是不是喜歡妳？」

「不知道，他說手機是廠商送的。但是他這麼關心我的眼睛，應該是喜歡我吧？還是因為我常給他帶吃的，他不好意思？欸，管他的，反正以後多的是時間相處。」紘歌笑咪咪超開心，忽然又想到什麼，跟春華道歉。「對不起喔，好像一直在講我的事，妳聽著很無聊吧？」一不小心就亂放閃，在單身的人面前不道德。

「不會，妳這麼樂，我也覺得有趣。看妳被他迷得暈頭轉向，他這麼有魅力？他有玄彬那麼帥嗎？」

紘歌賞她白眼。「不同類型好嗎？但在我心裡當然是第一名。」她把春華的小腿放自己腿上，幫她捏捏，緩解她的痠痛。「噯，拜月老還真的有效，奇怪妳爺爺也一直幫妳拜，怎麼妳還是沒遇到喜歡的？還是妳沒好好留意？」

「還真是沒遇到喜歡的，除了玄彬。」

「又玄彬？現實點。」

「現實就是沒喜歡的，也覺得不需要。」

「不寂寞嗎？」

「寂寞？能夠寂寞，可是很奢侈的。我每天上班十二小時，打烊後理帳，回家洗衣服、做點家事，再哄爺爺去睡覺就累翻了，這麼緊張的行程怎麼有機會寂寞？妳看我時間這麼少，還出去約會談戀愛，太累了，不如在家睡覺。」

原本是環境條件造成的「單身」，後來是真喜歡「單身」了。很久以前，她也試過跟追求者約會，試過方知宅在家裡癱著吃美食追劇更舒爽。

寂寞？可能有過，但自從養了大華，就與寂寞絕緣了。

「跟我們大華在家休息，比穿著高跟鞋出去約會開心。不用煩惱穿什麼也不用化妝打扮，更不用小心講話，多好呀。不只這樣，牠比人更勇敢，還會保護我，有大華在我就覺得安心。」

「我懂。」紘歌輕撫大華頭上的疤痕。「大華是隻了不起的狗。」

「是啊，我們大華最棒了。」高春華摟過狗來，親了又親。

二十五歲時，她還在連鎖髮型工作室當設計師，每天深夜才回家。當時跟同事交往，男友是個時髦風趣的帥小子，常常送她回家，後來就住下了，跟著高爺爺三人過起同居生活。

每次他們深夜回家，途經河濱公園時，常見一隻瘦可見骨又有皮膚病的流浪狗。春華覺得可憐，常買罐頭餵牠。但男友嫌髒，為此難免鬧得不開心。

一回深夜，他們照平日路線走回家時，公園忽竄出三個男人，要他們交出錢包。男友驚恐，頻頻求饒，給出身上所有的錢，對方還不滿意，硬要拉春華去暗處非禮。

男友撇下她跑了，春華呼救，奮力反抗，危急中，常餵食的那隻孱弱狗兒奔來咬他們，慘遭歹徒瘋狂踢踹。但牠仍堅定地護在春華身前，朝他們吠叫攻擊。春華太害怕了，顧不得狗兒，趕緊逃走。在報案後，等到天亮才敢回現場尋狗，但那隻狗已不見蹤影，只見地上血跡斑斑。她拜託警察找，也到處詢問，得知有人通報動保處把狗抓走了。

幾經波折，兩天後，她終於在動物收容所找到傷痕累累的狗兒。

找到當下，籠裡的狗兒頭被打破，狗臉腫脹，背有撕裂傷，右眼還塌陷。牠虛弱躺著，奄奄一息。收容所的人說眼球被打破了，能活下來已是奇蹟。

「對不起，都是我害的……。」隔著籠子，高春華哭到不能自已，決定收養牠。

她跟男友分手，帶狗兒回家悉心照顧，治好了牠的皮膚病，又幫牠取名字。「以後叫你大華好不好？」

狗兒恢復精神，舔了舔她的臉，開心地吐舌哈氣。僅存的左眼黑瞳裡，倒映出春華的笑臉。

也難怪高春華這麼疼牠，在那個危急的夜裡，她理解了一件事。

有時，掏心掏肺去愛一個人，還真不如善待一條狗。

戀愛，是必要的嗎？如果大難來時各自飛，那不如省點力，一個人好好過，何必強求要姻緣？

月老箴言

005

下

如果大難來時各自飛，
不如一個人好好過。
掏心掏肺去愛一個人，
還不如善待一條狗。

03

陶紘歌對自己能力很有信心，要不，怎會一遞辭呈，製作人就崩了。

「妳被誰挖角？」

「妳想加薪？」

「不然給妳放假可嗎？」

「妳忍心看哥哥我暴斃？」

製作人誇張囉，陶紘歌否定他的種種提議。

「實話跟你說，我有喜歡的人，我要專心去追他。」

「陶紘歌妳這是戀愛腦啊？哥哥我見多了，妳三思呀——」

「呸，別咒我。」

笑我戀愛腦都無妨，工作沒了可再找，喜歡的人可遇不可求。她鎖定目標就不計後果，要全力以赴。僅僅當方同舟的朋友跟員工遠遠不夠，她現在是進擊的女人，定要拿下他的心。

在征服他的心之前，她得先攻下陌生的3C領域，讓他刮目相看，意識到她有賢內助的潛力，絕非花瓶。

這可能是爸媽富養的關係，陶紘歌覺得凡事努力就能成，失敗不可能，所以跨到陌生領域重新開始也不怕。

況且硬邦邦的手機跟電腦，比胡說八道的人可愛。方方正正的主機板、硬碟、充電器等，還有亂七八糟邊來蛇去各種電線，都比複雜的人事好搞定。她勤做筆記，很快就學會辨識收拾。

而今加入「方舟電腦」，紘歌知曉，這是條不歸路。她對方同舟的迷戀，很快又多了崇拜——對女人來說這就是大坑，越陷越深。

雖然對刁鑽奧客，方同舟沒好臉色，慘遭惡意刷負評，但他另外開通蝦皮遠端維修，透過網路，就能遠端修理或重灌客戶電腦，甚至接訂單客製化組電腦，滿足超頻玩家們的需求。

他技術卓越自立自強，讀程式碼超快還懂軟體開發，因此不靠 Google 好評也順利營運。哪天若發現他是國際駭客，陶紘歌也不會意外。

除了搞電腦賺錢，逢廠商整批淘汰舊電腦手機，方同舟會低價大量收購，再連同平日顧客淘汰的產品一起親送偏鄉貧童手中，並義務教學。

紘歌想到自己過去活得醉生夢死，彼端卻有人默默義行，偉大情操令她崇拜。後來也陪著去過幾次，有時台東，有時花蓮，新竹也去，阿里山也跟，郊區海邊山上都有他幫過的孩子們。

她心儀這個男人，有技術有人品，從認識他開始，花痴一發作，什麼鬼毛病都不藥而癒了。動物有求生本能，人也有，她是在戀愛，或者在求生？他是她的藥，讓她從槁木死灰變得熱血沸騰。

現在，她每天醒來都電力滿格上工去，每晚睡時都心滿意足地躺平，連皮膚也變得細膩柔嫩。戀愛是最強面膜，她春心蕩漾很滋潤。

—♡—

一同被滋潤的還有方同舟。

當紘歌正式進駐「方舟電腦」，多了大量相處時間，他預感到自己的太平日已不復返，心如止水，也成過去式。

他很難不被她驚豔。

原本對3C小白陶紘歌不抱期待，如果她很快辭職，他也不意外，因為這裡工作無聊，而且他不愛聊天，待人缺熱情，大多時候都埋首搞電腦，常忘記身邊還有人。

以前交往的女友們，沒幾個受得了他的無趣。所以他還留著其他人的求職資料，萬一紘歌辭職，隨時可遞補。反正她負責的不是重要工作，他只是想請個工讀生顧店，方便外出修電腦。

沒想到，她不只適應良好，還讓這兒起了翻天覆地的變化。

如她所言，聘用她不會後悔。她每天打扮漂漂亮亮的像朵花兒，走進這單調枯燥之地，幫收拾幫接待，幫聯繫顧客，且永遠耐心又笑咪咪。

「什麼事這麼高興？」他好奇問。

「沒事，我就是開心啊。」

她日日一副心滿意足的樣子，天天對著那張笑臉，他心情也跟著發亮。

「妳上班都這麼開心？」

「要看是什麼工作。」先苦後甘是有道理的，過去被摧殘太厲害，如今新工作根本小菜一碟，吃飽睡好還能面對喜歡的男人，有比這更爽的工作嗎？

不只陶絃歌開心，方同舟被影響也跟著開心，甚至連顧客都被感染好開心。那些因手機或電腦故障上門的，常常很焦慮又暴躁，但一經絃歌微笑安撫，老虎們變貓咪。

她會先奉茶，看要熱還是冰，溫的也可以。她會親切問候，幫填資料代寫故障單，追蹤維修結果。客人被按捺得服服貼貼，乖乖等檢修，一邊跟她話家常，一邊加買東西，不找老闆麻煩。

不用應付客人，方同舟就更能專心在擅長的維修組裝。

有絃歌駐店，Google 負評不再，倒是多了五星好評。除了整頓收拾接待顧客，她還建議給「方舟電腦」開 YT 頻道。

他有顧慮。「弄這個只會招來麻煩，網路酸民多我又不擅交際，最後只會激怒網友。」

「我只記錄你的工作，你不用說話也不需表演，什麼都不用做，我會搞定。你試試，如果不喜歡就隨時撤。」看他猶豫，她說：「你不是常去偏鄉捐電腦？透過頻道或許能募到更多資源。」

「好吧，就試試。」

「交給我，你絕不後悔。」

又是這句。他納悶她哪來的自信？這樣熱情衝撞，做事全力以赴，不怕失敗嗎？

方同舟懷疑事情有她說的簡單，但不得不承認，她真有一套。

陶紘歌找到最適合他的模式，她是真懂他。

〈方舟頻道〉專拍沉浸式維修和組裝電腦手機3C物品。他本色演出不用講話，只需悶頭維修，拆手機組電腦、弄板子、拼桌機。從完整到卸除歸零，或從零散拼湊到完整。

她記錄那些單調重複但步驟流暢的維修組裝日常，想不到訂閱人數日增，網友留言表愛心，喜歡用他的影片當寫功課做報告或畫圖的背景，彷彿有人陪，很療癒。也有超頻玩家樂於追蹤他，研究他的技術。

偶爾往偏鄉服務時，紘歌也拍片記錄，後續遇颱風天災，代為募集物資更迅速了。有她參與，方同舟的善行輻射更廣，「方舟電腦」業績也因能見度打開翻倍成長。她帶來的收益，早遠遠超過工讀生價值。

業績翻倍，方同舟沒獨享，除了讓她成為正式員工，還領紅利獎金。於是紘歌對他除了愛慕崇拜，現在更是激賞，因為這是不會甩鍋，還懂分潤的好老闆，這樣的男人可以嫁了！

那麼，她的攻勢到底攻出成效沒？他的心她拿下沒？

她不確定，但肯定互動是越來越曖昧。她從微小處感覺到被方同舟愛護，像是下雨共撐傘，他總把傘往她那兒偏斜，淋濕自己左肩膀。

一日，當他們忙到深夜才從偏鄉離開，暗夜山路忽現一團毛物。驚險地急煞車後，他們跑下車看，是一隻純黑幼貓，可憐地睜著琥珀色眼睛，夜裡差點讓車輾過。小貓僅有巴掌大，可憐兮兮，好瘦弱地趴在路中，微弱的喵叫像在找媽媽。

「還這麼小，太危險了。」紘歌小心翼翼托起牠，放在掌心打量。「我家房東不准養寵物，怎麼辦？」撇下不理，肯定凶多吉少。

方同舟看她一副快哭的樣子，便說：「我養。」

「好好好。」太高興，連聲好。

「是我養，妳好什麼？」他冷道。

她忙說：「一起養，我會幫忙。」將貓兒摟進懷裡，親暱撫摸。

方同舟看喵叫的小貓，一偎進她柔軟胸脯便安靜下來，彷彿找到綿糖般的甜軟窩，瞬間體內灼熱似火燎燒。他被點燃，知道自己在失控，被她滲透。

向來固著在自己領域的傢伙動搖了，而搖晃他的凶手很高興。如今連貓都一起養了，這像不像一起有了孩子？

在車上，紘歌興奮地想著，我們的羈絆又更深了啊！

方同舟穩穩駕車，謹慎地終於駛出狹小蜿蜒的山路。

他邊開車邊說：「牠可以跟我住店裡，名字妳取。」

「黑嚕嚕的，乾脆叫黑糖？」

「好。」等紅燈時，他摸牠，牠齧咬他指頭。「是餓了吧？」看牠啃咬指頭，他不生氣，感覺心被咬軟了。這麼小的牙，他被小傢伙融化了。

融化歸融化，面上表情還是一樣冷。紘歌看著，擔心他會嫌貓煩。

「你養了牠不會後悔的，我最好的朋友也有養寵物，一隻很帥的哈士奇，每天都跟她睡。自從有了那隻狗，我朋友一到冬天就發作的憂鬱症都好了。」

「哦。」話都妳講，妳說了算。

紘歌將牠高舉，調轉方向，屁股朝向自己的臉，掀高牠尾巴研究起來。貓咪狂叫。

這什麼姿勢？「妳幹嘛？」方同舟罕見地驚呼了。

「我猜牠是公的……。」紘歌好認真研究牠的性器。

「快放下！」他難得失控大笑，還怎麼專心開車？「尊重一下牠好嗎？」

「好好好。」放牠下來摟著，她打哈欠，又累又睏。

黑暗公路，微晃車廂太催眠，抱著幼貓，她昏沉沉將睡著時，感覺到他靠近，很輕又很小心地幫她掩上自己的外套。

她的臉隱在外套裡偷笑。

我有百分之九十肯定，方同舟，你的心，我拿下了。

她沒想錯，終於，他們牽手了。

一次過馬路時，車多人擠，他牽起紘歌的手，大掌暖暖地覆住她的，各自的五指沒入對方指縫裡，掌心緊貼掌心，掌紋密合掌紋。

當時她低頭，是怎樣藏不住笑，是怎樣激動又甜蜜地知曉，他們的關係百分百確定了，他應該也有同感。

那天晚上打烊後，他約她留下看片。他有那種放 DVD 的舊式播放機。他們關燈，窩在長桌後看片。什麼片子？演什麼都忘了，不重要，重要的是影片間他側過身來，吻了她。

她溫順地閉上眼，甜蜜興奮地戰慄著。

那是他們的高光時刻，愛情光臨，事業也蒸蒸日上。總是孤身奮戰習慣獨處的方同舟，嚐到有伴的溫暖。

他們同舟共濟，攜手航向未知。愛情開出香花，芬芳燦爛，甜軟如蜜。

每一對真心愛過的戀人，都有過這麼一段歲月，屬於他們戀情的高光時刻。分秒都只想走近對方，靠得更近些，再近些，直到密合無間地融入彼此。

那是甜如蜜糖，是美勝萬物。戀人們光榮且自信，篤定認為，我們跟別人的戀曲不同，永不可能分手。

—♡—

「為什麼三年後，陶紘歌會被離婚？我算是看出原因了。」

小柴感慨，放下姻緣鏡。這些日子他勤於鑽研紘舟配，已看出心得。

此刻，他和九爺坐在菩提樹高處枝椏。從這兒看過去，對面公寓三樓，紘歌裹著毯子坐在陽台，正抱膝啜泣。

半個月過去了，她尚未走出情傷。高瘦白髮的陶媽媽推開紗門出來，在女兒身邊坐下，摟住她低聲哄。

屋內，陶爸爸倚著落地窗張望，亦是心疼女兒。可憐高齡兩老都替女兒委屈心疼，卻沒法減輕她的痛苦。情傷只能自己受，誰也替不了。

「這段關係的起手勢就錯了。」小柴的右食指抵在唇下，左手盤胸前托著右肘，端出老師架勢認真評論。「問題就出在陶紘歌身上。女生啊，就不該倒追男生，再喜歡也要矜持著，等對方主動；否則就算在一起，日後注定是關係中的弱者。太容易到手，男人不會珍惜。」

「你老實告訴我，你是不是厭女？」九爺冷哼。哪來的謬論。

「喔買尬，九爺這麼說真是羞辱我了，我性別男精神女，我雌雄同體，我熱愛女生的好嘛，所以她的委屈我懂。」小柴嘆息。「這不明擺著，方同舟不像陶絃歌愛得那麼深，男人對倒追他的不會在乎啦！男人就是獸性強，喜歡刺激挑戰跟狩獵，這是天性！」

「是垃圾資訊。戀愛不是戰爭，哪那麼多心機。」

「戀愛就是戰爭，失敗就輸光一切。看看陶絃歌花那麼大的勁兒，得到什麼？一間陳設恐怖的家，我要住進去一天就暴斃，虧她忍三年。但方同舟呢？他可爽了，事業因她變好，離婚還不用付贍養費，我替絃歌不值。」

「所以戀愛不只是戰爭還是生意，要計算得失利弊？」九爺不以為然。

「不然呢？你覺得方同舟對嗎？利用陶絃歌愛他，占盡便宜。喔，現在煩了，不努力協調婆媳問題，直接放棄。九爺，我看你被陶小姐罵得不冤，你找的這個男人不OK，這段壞姻緣，凶手就是你。」

唉，九爺嘆氣。膚淺啊。「你現在是神不是人，看事情不能只看表面。做神要有全知觀點，什麼好啊壞的，別急著給別人，甚至是我貼標籤。」

「我有說錯嗎？事實就擺眼前。」

「但你沒好眼力，眼前虛實能看得清？我配成的佳偶，輪不到你這小實習生指正。你好好跟著做記錄，紀錄要是沒寫好，就等著寫悔過書！」九爺說完就走。

且慢，褲管被拽住。

「九爺去哪裡？」

九爺面露喜色。「我跟關關有盤棋還沒定輸贏，他跟我賭一打陳高。」

「你要去飲酒作樂？」

「非也，我們是陶冶性情，你好好表現，我會跟上頭稟報，讓你早點升任神職，走也。」

見他興致勃勃去玩，小柴怒火狂飆。瞧九爺樂的，根本不把當事人的悲慘放心裡，而這還是他給人家造的苦果，當神就可以這樣隨便？

「無情，冷血。」好，既然肇事者配後不理，那麼就讓我這個實習神明，幫陶紘歌出這口惡氣吧！

小柴高舉龍頭杖，預備呼風喚雨調動大自然。

陶紘歌，妳莫哭，讓我替妳懲罰前夫！來場颶風摧毀妳前夫家，再來場暴雨積水淹沒他的店，全來吧……！

霎時狂風大作，菩提樹瘋狂顫動。

「小柴！」憑空炸出一雙手，抓住差點揮落的龍頭杖。九爺驚恐現身，差點跪倒在小柴面前，死死抓牢龍頭杖。「你幹嘛?!」

「我要教訓那男人！」

「乖，沒事。鬆手。冷靜，深呼吸。吸——吐——吸——吐。很好，鬆手，鬆手，鬆、開、手！」

「我不——」

「快鬆開！」

「我不！」

「莫逼我揍你。」

「你揍啊，我就要替她出氣。既然讓愛他的女人這麼傷心，他也要受苦才公平。世間就是不公平，才會好人委屈壞人橫行。」

「嚴懲壞人是關老的工作，不歸我們月老管啊！再說，神器也不是讓你這樣用，我這是幫人牽線的龍頭桃木杖，不是打狗棒啊——」

「神會沒落，就是因為神都不幫人主持正義。」

「正義不是你說的算——」

「正義，就需要我這種不怕後果的人來伸張！」

「你這是標準的正義魔人啊?!你會下地獄，還會拉我一起去！」

「跟正義比，地獄算什麼？我不怕，你也不要怕。」

可我怕啊！老天啊——您是塞了什麼奇葩實習生給我？

「小柴，乖。」九爺趕緊好生安撫。「就算要拿神器劈人，也要看清楚再劈，否則你就不是在主持正義，而是以正義之名長自己的虛榮心。」

「我就是看清楚才出手的。」

「還不夠清楚！來，要劈方先生是吧？姻緣鏡拿起來，看看想教訓的人，是否真的罪大惡極？如果看完全部過程還想教訓他，我不攔你，還加碼送你一根虎頭桃木杖讓你雙劈，劈個過癮如何？」

「看你表情，是不是等我放下龍頭杖，你就要沒收它然後虐待我？說過不算數？」

你這死屁孩！九爺笑咪咪。「我是那種卑鄙的神嗎？乖，放下，我保證不沒收，我們一起關心陶絃歌。我們先來看看，他們怎麼結婚又走到離婚。羅馬不是一日造成的嘛，豬也不是一天就肥起來的啊，說不定方同舟也是有他的委屈啊？」

嗯，有道理。小柴終於鬆手。九爺差點軟腳。小小實習生幹掉老神也是有可能的啊，我真是把你看淺了啊！

小柴滑動姻緣鏡來個五倍速快轉。「好，我就看方同舟是怎麼跟陶絃歌求婚，又怎會累到想離婚。」

—♡—

陶絃歌想結婚了，不是因為要生孩子，顧慮子宮健康趕進度。人會想結婚，也有可能是因為對這份關係沒把握，患得患失，就更渴望證明。結婚，證明彼此是唯一。

交往快半年，感情順遂但紘歌不安。方同舟沒臉書，不會標記「交往中」，也不曾帶她認識親友。幾次他媽媽來電，他走到店外接聽，像不希望母親知道她的存在，她難免要胡思亂想。

難道他不重視這段關係，隨時想抽身？

紘歌心中不安漸擴大，雖然他也沒對她不好，只是不愛講情話。談戀愛都有蜜月期，而跟方同舟戀愛直接進入平靜期。

交了女朋友，他的生活還跟單身時一樣，只是偶爾他們會出遊，共度週末。他們的愛情雖然缺乏轟轟烈烈的熱情，但相處很和諧，分開時他也很自在，沒有捨不得那些的，也從不主動要她多陪陪。

他太獨立，反而令她恐慌。都交往了還這麼不安，自己是否太貪心？紘歌不禁矛盾地想：這麼想獨占他，我是不是好自私？

但誰陷入愛裡不會想霸占對方？有，方同舟就可以。

她也不是想要占有欲極強的恐怖情人，但毫無占有欲也是種恐怖啊！

太喜歡他，遂生出恐懼。她也知道軟弱不好，也想瀟灑如他，在關係裡能夠帥氣從容。

但她沒辦法，她就是變成這樣了。

因為你在我眼中，太耀眼出色，而熱切關注你的我，漸漸黯淡了。

時序來到熾熱的夏季。正午，蟬聲大作。山頭的原民部落，沿路零星亂搭的違章建築，以廢棄鐵皮加木板廢料拼出一間間小屋。從城市來到這裡，彷彿闖入異世界。

烈陽曝曬泥路，熱氣蒸騰，風吹塵土揚，潮濕悶熱的暑氣，衣服被汗水沁濕黏膩皮膚，人熱到昏沉。紘歌站在一間鐵皮屋簷的陰影中，凝視泥路對面的風景。

那邊，在挺拔老松樹下，方同舟坐在長條木凳上，交疊長腿，筆電展於膝蓋。一旁塑膠矮凳坐著個十歲男童，正眼巴巴地湊近，興奮地瞪著他帶來的禮物，認真跟他學操作。

她想，這麼悶熱，他怎還能那樣氣定神閒？恍惚地望著心愛的男子，儘管烈日烘烤，衣遭汗與塵染，他自在如常，還能耐心教孩子電腦。而自己呢，熱到頭昏腦脹地躲屋簷下，汗流浹背狼狽又臭烘烘，還陣陣煩躁起來。

她自慚形穢，欽佩又嫉妒。

跟他交往，有時覺得幸福，有時又感到虛無。越愛下去越迷惘，他都不知道，自己有多怕失去他。

因為她沒有任何蛛絲馬跡可參考、測量他對自己的愛，有多深？

—♡—

回程在車上時，方同舟訂餐廳。他們說好今天要在餐廳享用美食，順便慶祝絃歌生日。

看她一額的汗，熱到兩頰紅通通的，他將冷氣調大。

汽車平穩地馳騁於高速公路，夕光在窗玻璃閃爍。

「時間還早，我們先去買生日禮物。」他不搞驚喜那套，昨天就說好今天會帶她去商場挑禮物。不浪漫，但很實際。「妳想想需要什麼？」

「我什麼都有了。」

「那就隨便逛逛，看有沒有喜歡的。」

有，我最喜歡你了。

她歌煩躁不已，忽然生出一股衝動。「老實告訴你，我現在最缺的是一個老公。你能給嗎？」

超直白逼婚。方同舟聽了依然淡定，穩穩開車，只是沉默了。

尬的，好糗。陶絃歌後悔得想咬舌自盡。他有壓力了？她這樣是不是討人厭？她偷瞄他。他雖沉默但沒有不悅。沉默足有五分多鐘時，這五分多鐘已足夠讓絃歌緊張到開始盤算，要不要故作輕鬆跟他說是開玩笑？或騙他，她其實是不婚族？

唉，要怎麼圓掉講錯的話？越想越沮喪，心情盪到谷底。

「也不是不可以。」他忽然說。

「欸？所以……你願意？」

「嗯。」方同舟看她一眼。「不就結婚，那就結啊。」

「方同舟，我認真的喔？」

「嗯。」他說：「戶政事務所八點半開了吧？身分證帶去，十分鐘的事吧，妳就有老公了。這不難，難的是要找兩名證人。」

「證人我搞定。」她抓住他手臂像是深怕他跑掉。「你答應囉？」

「這真的是妳的生日願望？妳覺得我會是好老公？」

「會會會。」陶絃歌激動地在他臉龐親一下。「保證不後悔，我會對你很好很好的！」

「我怕後悔的是妳。」

「不可能，你是最好的。」她很篤定。「好到我怕你會被別人搶走。」

「我能被誰搶走？比較可能到處亂跑的是妳吧？」

「沒錯，所以快用婚姻綁架我。」

方同舟笑了。陶絃歌啊，妳知道妳一直在秀弱點嗎？像隻對主人坦露肚皮求愛的狗兒，防禦力零。

然而，也是她這麼坦率地示愛，征服了他。

她如果夠聰明，就該要點心機手段，婉轉地以不傷自尊又進退有據的方式跟他示好。但她，老是這樣衝撞又直白。

「好，我們等會兒就去挑戒指。」他說。

「喔耶！」她歡呼，哼起結婚進行曲：「登登登登，登登登登～～」

「這麼高興？」

「你不懂，我們這叫閃婚。結婚就是要一股衝動乘勝追擊，說結就結。」

他不知真正讓絃歌雀躍的是，直到這刻，她才明確了自己在他心中的地位，原來是很重要的啊！

早上九點，高春華跟爺爺出現在戶政事務所裡。

高爺爺臭著臉，懊嘟嘟地碎碎唸。「這麼快閃婚，可惡！」

陶絃歌見狀，偷問春華：「爺爺怎麼了？」

「他氣月老幫妳沒幫我，我單身，妳閃婚，他傷心了。都快八十了，氣量還這麼小。」

「唉噢。」絃歌哈哈笑，圈住高爺爺手臂。「爺爺你別這樣，中午請你吃大餐？」

一旁，方同舟正在填表格，準備兩人證件。

春華低聲問紘歌：「妳想清楚了？」

「當然！昨天我還去跟月老還願，還抽到上上籤，我們是被神祝福的。」

「妳這進度太可怕了，認識到交往不到半年，現在連婚都結了。妳喔，想想怎麼跟妳爸媽解釋吧！」

解釋什麼？不用，打鐵要趁熱，莫節外生枝。何況她是公主，公主只要告知，爸媽永遠支持她。

換好新身分證，高春華幫他們拍照。

在戶政機關前，陽光燦亮，方同舟站在陶紘歌身後，雙臂將她圈在身前。紘歌背倚那片寬廣胸膛，亮著手中戒指，笑得像拿下全世界。

他們的愛情，結出好果子。

—♡—

船過水無痕，愛過不留痕，在現代已是不可能。因為熱戀狂喜，會讓人想放閃，昭告天下望周知，臉書、IG甚至拍片在YT，恨不得將幸福廣分享，是普天同歡的概念。

但，陶紘歌謹記製作人侯哥常掛嘴邊的那句：「恩愛狂曬，分手更快。」當事人死透的愛情遭大眾鞭屍，好事者重新剪接今昔對照，甜美愛情遂變恐怖片。愛過必留痕，在社群跟高科技幫忙下，已成許多人命裡的硬傷。混過電視圈，她發現愛得越低調，雜音越少，幸福才更久。

在閃婚後，她跟方同舟有共識，生活沒有太大變化，住處暫不更動，依然各住各的，假日出遊約個會就很滿足。

她帶同舟拜訪父母，父母對閃婚雖震驚，但經女兒鼓起三寸不爛之舌狂推銷女婿優點，加上同舟默默修理好媽媽的古董縫紉機、爸爸的卡式錄音機，還有貢獻爸媽早就想更換位置的移動冰箱體力活後，這個表情冷淡沉默寡言的女婿，儘管互動生疏，但終也獲得兩老肯定。畢竟紘歌居中串場，已事先搞好思想工作。

「嫁給木訥的工程師，是天大福氣。」她真的很會給爸媽洗腦。

紘歌爸媽輕鬆搞定，但方同舟這邊呢？必須謹慎處理。

方同舟就是想再低調，媳婦還是得見婆婆，但這事他有壓力。他了解媽媽，過去沒一樁戀情被認可，挑三揀四，小動作超多。他同意閃婚，也是怕橫生枝節，現在若直接通知，媽媽定會抓狂鬧上一陣，得循序漸進。

他跟陶紘歌商量，讓她先以女友身分見媽媽，等大家熟了再找個好時機，告訴媽媽他們已婚。

婆媳正式見面前，他先幫老婆打預防針，將家庭背景略作說明。這時，紘歌方知他是遺腹子，還得知婆婆是寵子狂魔。

「所以見面時，妳不用討好我媽或刻意表現，因為不管妳怎麼做，被討厭都很正常，我媽認為沒人配得上我。」他講大白話，怕她受傷。「要是她對妳講話刻薄，妳也別放心上——」

「了解，當爸媽都這樣，都覺得自己孩子最好。」陶紘歌反過來安撫他。「別擔心，我會跟她好好相處。」人心都肉做的嘛，只要將心比心，婆婆再機車，也不會比被粉絲慣壞的藝人難搞吧？藝人、經紀人，她都能搞定了。不怕，她會用真誠跟圓滑的手腕，和婆婆和平相處。

方同舟不放心，覺得她還是沒搞懂自己意思。「反正不管我媽說什麼，妳別往心裡去，知道嗎？」說完，他還用力握了握她的手，異常嚴肅。

難得見他這樣緊張，紘歌覺得有點好笑又有些感動。他是擔心她吧？遂拍拍他臂膀。

「放心，我做通告時，什麼難聽話沒聽過？我心臟可肥的，沒事。」

是嗎？他覺得紘歌過分樂觀了。

而吳心蓮果然不是普通人，一聽兒子說要帶女友回家拜訪，腦中立刻警鈴大響。

「別帶回家，先約在外面。」她在電話中急道：「讓她知道我住哪裡不好，萬一我不喜歡她——」

「她很好，妳會喜歡的。」

「是——嗎？」她聲音高起來。「你之前交的那些，我都懶得提了。」有色眼鏡一戴上，沒半個條件好。「只有譚敏敏不錯，回國時還特地帶禮物來拜訪，懂事。」她說的是他的大學同學，可惜兒子不喜歡。唉，她就知道，不該放心讓兒子總一個人待著，出事了吧？才一陣子沒去關心，狐狸精還是蜘蛛精都爬進去了。「你啥都好，就看女人眼光不行，這次應該也不怎樣。」

來了，老毛病又犯了。就因為她這樣，出社會後，方同舟都不交女友了。

「既然這樣乾脆別認識了，反正是我跟她交往，和妳也沒關係。」

且慢，把關還是要的。「唉唷，媽媽開玩笑的啦！說幾句就生氣了，快帶回家，媽媽做好吃的招待她。」

「妳會對她好吧？我不希望舊事重演。」前女友們品行都好，否則遇上她這護子狂魔，他都不知上幾遍Dcard了。

「唉唷，這是好事啊，你多久沒交女朋友了，媽媽為你高興呢！」

「所以妳會好好表現？」

「絕對表現得很好，你喜歡媽就喜歡，誰叫你是我兒子？」

那好吧，訂下晚餐時間。

方同舟想著，不管怎樣，這回就算媽又做了誇張事，紘歌也跑不掉了，婚都結了。這麼一想，閃婚還真是不錯。

月老箴言

006

吉

戀愛不是戰爭，也不是生意；
沒那麼多心機，不需計算得失利弊。
雖有看不清的虛虛實實，
但也別急著給誰貼標籤。

月下牽成

人間結緣

04

首次拜訪婆婆，陶紘歌豈敢輕敵，喔不，是豈敢大意。怕老公壓力大，她表現淡定，私下卻狂做功課，希望給婆婆留下好印象。

首先上網搜資料，例如：第一次去男方家吃飯，該不該主動洗碗？這容易，她有正解，該洗！

「我來洗碗。」這句飯後一定要說，就算演也要演出來。長輩張羅飯菜，吃乾抹盡就走，不對吧？自家就算了，到別人家要有禮貌，就算對方說不用，幫著收拾也應該。

見面當天，她衣著樸素，白襯衫配淺灰色長裙。網路說婆婆討厭一身名牌或花枝招展或過度性感的裝扮。

初見方媽媽，彼此先一番熱情問候，紘歌奉上肉鬆禮盒。老人家牙口不好，送肉鬆顯體貼。

吳心蓮熱情布碗筷。「菜剛煮好，來，快趁熱吃。紘歌嗎？站著幹嘛？快來坐啊。」

五菜一湯超豐盛，全是婆婆手筆。有三道是功夫菜，連佛跳牆都有，可見婆婆多重視這次見面。紘歌每道菜都認真品用力讚。

「準備這麼多，辛苦您了，全都好好吃。」

吳心蓮聽著開心，笑咪咪地給她挾菜。「這些都算簡單的，沒什麼，我做習慣了。女人嘛，誰沒幾道拿手菜？紘歌愛吃什麼？平時都煮什麼吃？」

好問題，紘歌內心抖一下。「我不像您這麼厲害，我大部分都外食。」

「這樣啊，阿舟說妳現在是他員工，之前是做什麼的？」

「在製作公司負責通告。」

「唉唷，電視圈齁，俊男美女那麼多，怎麼會看上我們阿舟啊？」

「他很好啊。」

「唉唷，好什麼，不就是個宅男嘛？整天關店裡，都不知道忙什麼，之前他都一個人搞定，現在好了，有妳幫他。他薪水給多少，沒虧待妳吧？」

「薪水？三……三……。」

「三萬？」吳心蓮驚呼。

啊？紘歌怔住，看這表情，不妙，嫌她拿多了？我才講三萬，其實是三萬九千還有紅利獎金，這會兒全略過不提。

「問這麼多她怎麼吃飯？」方同舟聽不下去。

「呦，兒子嫌我囉嗦了。」吳心蓮笑咪咪，心在淌血。

三萬？你有錢了啊蠢兒子，三萬給娘多好，你是招員工還是養女人啊笨蛋！但孩子大了我奈何？真是賠錢貨。

「紘歌啊，來，吃這個，最肥最嫩的雞腿給妳。這個蔥油雞是阿舟最喜歡的，他小時候一次可以啃掉兩隻呢！」

紘歌立刻雙手恭敬捧著碗，接下雞腿，馬上大口咬，使出渾身解數卯起來讚，要追回失分。

「唔，真是太太太嫩了，您好厲害，我從沒吃過這麼好吃的蔥油雞，比大飯店做的都好吃。真是太好吃了！」

「妳看起來很會吃齁，食量很大吧？養妳荷包要夠深啊哈哈哈！」

紘歌差點吐出雞肉。我反芻把雞腿還妳行嗎？

「媽。」方同舟警告地瞥一眼。

吳心蓮趕緊補充道：「我開玩笑、開玩笑嘛，我是誇她健康，我最喜歡愛吃的女生了。看妳胃口這麼好，我辛苦做這麼多菜都值了。」她開懷笑。「看來我廚藝是真的很棒。紘歌，多吃點，吃不完的打包回家慢慢吃。」

雖不乏尖銳問題，但大致順利，晚餐終於和和樂樂地吃完。

「我來洗碗。」表現的時候來了，陶紘歌趕緊撤碗筷勤收拾。

「那就麻煩妳囉。兒子，你去客廳把電視打開，我去個廁所，等下我們還有蛋糕吃。」

紘歌速撤碗筷，端進廚房，扭開水龍頭。

好極了，還算和氣，未來還算光明。沒問題的，方媽媽挺健談的，還算好相處，不像方同舟講的難搞，至少全程都對她笑咪咪的。

她將碗筷放入流理台，一個個仔細刷洗。

可是，出現意料之外的劇情，某人跑來幫忙。

「妳去休息，讓我來。」方同舟關心她的狀況，擠進小廚房裡。

千萬別幫。「快出去！」紘歌低聲喝斥。別壞了她賢慧的表演。

「一起洗比較快。」

笨蛋！紘歌驚恐。「你出去看電視，去客廳，別幫我。」雙手都是泡沫，只好用屁股撞開他。

「妳緊張什麼？」他笑了，以大腿蹭回去。

「這不好玩，聽我的，快走。」她又用屁股側邊撞開他。

「輕鬆點，洗個碗這麼緊張幹嘛？」方同舟笑著直接摟住她的腰。

靠北，這傢伙沒救了！紘歌快急哭了。方同舟，我不是在跟你打情罵俏！更靠腰的是，這屁股蹭來蹭去，伴隨他寵溺的談笑，已插痛後方吳心蓮的雙眼。

「唉唷，洗個碗也需要用到兩個人？你們好好笑欸。」吳心蓮酸溜溜地揶揄，誤會他們是在打情罵俏。

瞬間，陶紘歌心頭涼下去。我黑掉，百密一疏，這碗……白洗了。不洗還沒事，誰能料得到親愛的男人，婚後秒變豬隊友。

吳心蓮嘲諷。「兒子啊，你也真是的，我洗碗時怎麼不見你這麼勤快地來幫忙啊？」

「媽幹嘛這樣？」方同舟怒了。從剛剛就擔心紘歌的感受，那些挑釁的話，笑裡藏刀的揶揄，讓他一旁聽著已夠不爽。紘歌暗暗掐他手腕。方同舟，你慎言喔，千萬不可輕舉妄動、火上澆油淋婆婆。

但他不懂。「媽，妳講話要老實，是我不幫妳洗碗嗎？明明是妳從不讓我幫。」一向惜字如金，此時偏偏話癆。

「好好好，是我捨不得讓你幫，我就跟她開玩笑。」

「跟我開玩笑可以，她跟妳不熟，講話要有分寸。」

「你好好笑，什麼分寸？我長輩好嗎？怎麼，交個女朋友就了不起了，脾氣更差了，你這樣還不如單身呢！」

「不可能單身，我結婚了，我們證件都辦了，她就妳媳婦。」

「你、你……什麼?!」吳心蓮先是震住，隨即恍然大悟。「厚！她懷孕了對不對？」

「沒有。反正她是我老婆，妳的媳婦，不管妳喜不喜歡，跟她說話尊重些，不要亂開玩笑。」從剛剛就一直用開玩笑當藉口，講話何必夾槍帶棒？

吳心蓮潸然淚下。「你……怎麼可以這樣對媽媽？結婚都不用先說，這樣傷媽媽的心？你沒女人是會死嗎？需要這麼急？我養你真是白養了，你是要氣死我嗎？」

「跟妳說有什麼用，重要的是我喜歡。」

「婚姻是你自己的嗎？婚姻是兩家的事！」

「那是妳的想法，我們喜歡就好——」

「阿舟，你以前不會這樣對媽媽，你變了，誰教你這樣忤逆媽媽的？」

是我教的，妳乾脆明講吧婆婆。

陶紘歌無語望上方。

幹得好啊！方先生，該感動你護老婆？但護的不是時候，這時生起的保護欲，只會招來殺機。我現在不只黑掉，還害你們母子失和，我功虧一簣，計畫不敵變化，沒救了啦！

她看著燈管旁的蜘蛛網，網住一隻蚊，覺得自己也像那垂死的蚊，婆婆應該很想掐死她。

閃婚激怒婆婆，母子倆嘔氣幾天。但家人是再氣，終也要和好。老人家最後妥協了，但要求補辦婚宴。過去吳心蓮包出太多禮金，如今不回收：「我會死不瞑目。」她這麼跟兒子說。

話說得很重，但方同舟堅持己見，不想讓媽媽介入自己跟紘歌的生活，距離越遠越好。

但陶紘歌能理解婆婆的心情。

「既然我們都閃婚了，現在連你媽這點要求都不肯，也說不過去。」母子倆已經為閃婚鬧翻，這事她也有責任，不如趁這機會緩解婆婆對她的敵意。

於是兩家昭告親友，訂好飯店，決定簡單地把婚宴辦了。

陶紘歌爸媽沒有意見，為了女兒日後在婆家過得好，婚禮諸事皆配合，不給女兒添堵。

婚宴圓滿落幕，當晚禮金一清點完畢，婆婆就直接取走。母親毫不遮掩的舉動令方同舟難堪，但紘歌安慰他：「反正本來就是為她辦的，沒關係啦。」

紘歌無所謂，婚禮辦來交代的，她期待的是婚後生活。

他們已經開始計畫，預備在店附近租套房，把養在店裡的黑糖帶去一起住。牠如今正好動，有時還會亂咬電線，不適合繼續養在店裡。

方同舟跟她商量，他計畫先委屈她住套房，等努力個幾年，錢存夠了就搬到偏鄉住，買平價的獨棟房，屆時他就換成遠端工作。

他有想法。「之前在台東看過幾間獨棟老房，坪數大又便宜，還有院子可以種花草，黑糖也能有地方玩。而且鄉下房租便宜，等我媽更老了或妳爸媽需要照顧了，都可以接來在附近租房子，方便看顧，妳覺得呢？」

「你連我爸媽都考慮了？」這也是她婚後最牽掛的事。

「妳是獨生女，自然是我們照顧他們。」他淡然道，就好像在說早餐吃了什麼這樣理所當然，害陶紘歌很感動。她果然沒嫁錯人。

有了共識，之後逢週末店休，他們列清單、約仲介看房，結束後就去逛IKEA，討論彼此喜歡的家具，先列入採買清單。到後來，紘歌興沖沖地研究起未來山居房能有什麼擺設，逛累了就在用餐區休息，享用美食，或看書或翻看商品型錄，偶爾討論喜歡的裝潢風格，偶爾不說話各做各事。

他會看軟體相關書籍，她喜歡看YT的老屋改造，一邊攤開本子勤奮做筆記，幻想未來理想屋舍的模樣，該怎麼布置呢？

「以後我們去鄉下住，我可以養雞嗎？」她想起有的藝人就熱衷農家生活，過去當通告時，同事們還吃過他家的雞蛋呢。

「可以啊。」方同舟答得乾脆。

「聽說養雞好處很多，家裡的廚餘可以餵牠們，雞屎可以堆肥養花草。對，我還要種菜，我可以弄菜園嗎？」

「可以啊。」

「這樣就可以吃到自己種的沒農藥的菜，我喜歡吃地瓜葉，這個一定很好種。啊，絲瓜也要，絲瓜的花很漂亮。但我不會做飯，種菜好像沒用。」忽又氣餒了。

方同舟編寫程式碼，同時淡淡接話。

「新鮮蔬菜只要汆燙，拌油鹽和蒜頭就很好吃。簡單，我來。」

菜園死而復生了。陶紘歌嘴角上揚，喜孜孜記錄。「地瓜葉、絲瓜，還要種什麼呢？九層塔跟蔥也要，做菜常用這類香菜……啊，我忽然想到，鄉下外食不方便，我們總不能天天吃燙青菜吧？」

「真住到鄉下，我就有空學做菜。」方同舟說：「小事。」

「你願意？」當家庭煮夫喔？

「妳要求很高嗎？」他瞄她一眼。

「我很好養的。」

「家常菜我會，大菜就用訂的，妳擔心什麼？蝦皮哥哥會搞定。」

她倏地爆笑，拍他手臂笑得前俯後仰。「蝦皮哥哥？蝦皮哥哥？老公你怎麼這麼幽默，我笑死哈哈哈。」

我有這麼風趣嗎？看她笑得這樣厲害，方同舟有點驕傲，頭一回發現自己有幽默細胞。

「對吼，有蝦皮啊，我真蠢。」陶紘歌笑得上氣不接下氣，又喜孜孜計畫起來。

像這樣無聊扯淡，就是他們週末最熱衷的約會行程。

每當紘歌挽著老公手臂，倚他肩膀，翻看型錄，品嚐蛋糕，勾勒未來夢想的鄉間生活，這平靜安穩的日常，就是她的理想婚姻生活。

—♡—

這天，當他們又在IKEA閒逛時，久沒消息、沉潛一陣的婆婆忽然來電，要他們回家。

一回到方同舟新店老家，吳心蓮拿出房屋權狀還有建商海報給他們看。

「因為阿舟堅持不跟我住，說是生活習慣不同會互相干擾。所以媽就用你們的禮金，加上自己的錢，買了婚房給你們住。家具也都替你們搞定了，立刻就能入住，還有電梯很方便。」

嗄？陶紘歌嚇得不輕，僵在原地。什麼厲害操作？婚後不到半個月，婆婆已經搞出一棟房？她是否低估婆婆的能耐？

「媽怎麼不先跟我們商量？」

聽見老公用緊繃嗓音問，陶紘歌知道他生氣了。

「還不是為了要給你們驚喜？」

唉，佩服婆婆竟可以無視他的憤怒，照樣輕快爽朗地開心說著：「這是媽送你們的結婚禮物。之前我就相中很久，剛好趁你們結婚湊足禮金，付清了頭期款。你們婚後怎麼可以沒房子？我可不能讓媳婦跟著兒子吃苦，是不是，紘歌？」

這要引戰喔？

陶紘歌面無表情不回答，她被老公同化了，在婆婆面前好容易就呆若木雞，喪失表達力。

他們有房子了？這是驚喜？根本驚嚇！

吳心蓮興奮催促。「走走走，我帶你們去看房，就在旁邊，只要十分鐘就到了。」

帶往新房路上，方同舟跟陶紘歌一個臭臉沉默，一個神色茫然，只有吳心蓮一直很亢奮地介紹新房多好，不知道的還以為她是仲介在帶看。

「二十坪是小了點，但有電梯。以後你們只要繳房貸跟管理費，自備款那些媽都付清了。天下父母心，只要你們小倆口和和樂樂，我就放心了。媳婦，我這婆婆拿走禮金，可不是花在自己身上喔，媽媽的心，妳懂吧？」

媽媽的心我懂什麼？我只知道這兒離婆婆家超近，但婆婆啊，從新店到我們那兒通勤就要一小時啊。

紘歌決定繼續面無表情，僅嘴角勉強上揚一點點，這是最低限度的禮貌。

終於來到十六樓高的新房。

「到了。」婆婆取出鑰匙打開。

門緩緩推開，紘歌的世界黑掉了。屋裡已布好婆婆陣法，相當有趣的居家擺設。

幻滅是成長的開始，也可以是婚姻的寫實。

紘歌膝蓋一軟。這不是我要的房子！這不是我愛的風格！這到底什麼鬼？天花板很低，感覺壓迫；黑色人造皮沙發超大，讓已經夠小的客廳更擠迫了，還擺上毫無美感的舊式超大木頭圓餐桌，上面還有可轉動菜餚的轉動盤。

好喔，小倆口之家放這麼大餐桌，莫非日日要宴客？

這堆家具像是從甲乙丙各路人家中的倉庫深處搜來拼湊而成，風格不一，不中不西，怎麼看怎麼怪。真要問陶紘歌感覺，她只有三個字——

爛透了。

吳心蓮好似看出她很驚恐，體貼解釋。「剛買房，我們就克難點，先用親戚家的家具。媽也沒錢給你們買太貴的，但這些都很實用，像那個大餐桌，還是原木的呢。反正東西能用就好，省一點，重要是你們有房子了，不用像別人租房子看房東臉色，多好啊！」

我情願看房東臉色啊！

陶紘歌暫將她和老公的鄉間小屋放生，在蝦皮已加入購物車的家飾也暫放生，手機裡 IKEA 購物清單和仲介套房資訊都先緩緩。

瞪著眼前慘白燈管下的醜客廳，她得先搞清楚狀況，不能慌。

「媽，這裡一個月要繳多少房貸？」她腦子飛快計算起來。

「喔，貸款貸了六百萬，三十年繳清，每個月只要繳兩萬多。其實跟租房子差不多。管理費兩千元，雖然是用媽的名字買的，但是早晚都要留給你們嘛，媽都繳清頭期款了，這點你們不會跟媽計較吧？」

不跟妳計較，我跟誰計較？一個月兩萬多的房貸？但陶紘歌啞口，不知該怎麼說好。這是婆婆，不是自家媽媽，不能瘋狂爆炸也不能尖叫抗議。

方同舟跟媽媽說：「我們等下談，我先送她去搭車。」他帶紘歌離開。

「先回妳家休息，我晚點給妳電話。」

「你喜歡那房子嗎？我不喜歡。可是怎麼辦？你媽已經買了，貸款那麼多，要繳三十年啊！」就算立刻轉賣，也要損失一筆稅金。

「我會處理掉，賠錢也要退掉。」

「你也不喜歡對吧？」

「嗯。」他目光冷冽，下顎緊繃。

陶紘歌從未見過方同舟這樣嚴厲的臉色，很嚇人。

初相識，覺得他喜怒不形於色，情緒平穩。如今發現，唯有在面對母親時，他才會變得敏感易怒。想來母子間，早已積累太多矛盾。

婆婆不會讀空氣，還是根本不想讀？兒子臉色明顯不對了，可婆婆視若無睹，自嗨得意，好像他們理應接受她好意。

這天，陶紘歌總算明白，為什麼方同舟不擅跟人溝通，也不樂意表達自己。因為自己母親做事從不商量，粗暴又武斷，打著「為你好」的旗幟，就為所欲為，先斬後奏。

——♡——

她不知那天方同舟回去，是怎麼跟婆婆談的。似乎是說了很重的話，把婆婆氣暈了，當晚就送醫急診，住院了。

事後她問，他只說吵了一架。至於吵架內容，他沒細說。

他要怎麼說？他難以啟齒，怎麼能告訴老婆，在她走後，媽媽都拉著他說了什麼？

吳心蓮跟兒子說：「我剛剛沒講。我啊，沒用你的名字買是故意的。你不知道吧？婚後不動產跟收入都要跟老婆共有，你老婆平時領你薪水就算了，連房子都要算她一份，太便宜她了。」

她還說：「你們才認識多久就結婚，你了解她嗎？萬一她對你不好，哪天分手，她可以要走你一半財產哪！這房子登記在我名下就不一樣了，沒我同意，只要我活著，她一毛都分不到！」

「說完了？」當時，他心中憤怒，但只冷冷看著母親，竭力保持鎮定。

「我知道，你剛結婚我講這個，一定讓你不高興。不高興還是得說，當媽的就是會想保護兒子，人心複雜，我們不得不防——」

「媽防的是她？」方同舟瞪著母親。「媽防的是我吧？」

吳心蓮僵住。「哪是，媽怎麼會——」

「怕我娶了老婆拋棄妳，所以買房子給我，這是利益交換。房子讓我住，我們就要聽妳的。不用我名字，怕兒子不孝，將來人財兩失孤獨老死。說穿了是這樣，何必繞彎說是為了保護我？」

「方同舟！你怎麼可以這樣想媽媽？」

他口氣冷漠疏離，像在跟無關緊要的人對話。只有這樣抽離自己，不帶感情地跟媽媽講話，才能抑住想咆她的衝動，才能鎮定快崩潰發狂的自己。

「妳老說為了我，其實都是在為自己。媽，妳都不覺得自己很假嗎？」

「我假？我是怎麼疼你的，你這樣說媽媽，你怎麼可以這樣傷我！」

是深藏的恐懼被捅破了，是連自己都不敢正視的，那個因害怕孤單而卑劣的自己，被最珍惜的兒子揭發了。吳心蓮太羞憤難堪，因為激動，血壓狂飆，眼前暈眩，她昏倒了。

當時在送母親急診的路上，方同舟悔得想勒死自己。自己太惡毒，講那種話是該下地獄。

若在以前，他被媽媽如何刺激，怎樣受傷，他都會忍住。即使看穿也明白母親對自己的總總算計，就是快氣瘋了也不會說破，給她留面子。

但現在，他有想保護的人。受不了新婚妻子被詆毀，更討厭媽媽妖魔化心愛的女子。新婚才多久？她已在預告他們未來會分手，讓幸福蒙上陰影。

他一直說服自己要體諒母親，要同理她的恐懼。當初懷著身孕驟失老公，在公婆的敵意中堅持過來，是苦難使媽媽堅強；但也是苦難，令她變得多疑又多慮，什麼都想掌控在手裡，就怕轉瞬間全都失去。

媽媽以為買房就能綁住他？以為住她名下房子，他跟媳婦就會任她拿捏，不離不棄？

她有手段卻缺乏智慧，沒想過自己越是這樣用盡心機操控，就令他越反感，越想避得遠遠。因為她的話虛虛實實，因為她的喜怒哀樂都不直接，都藏著其他彎繞扭曲的意思，因為她說的話不代表真正所想所要，總是讓他猜。母親對他的情感讓他很錯亂。

愛是不計得失，恆久忍耐又有恩慈嗎？

當母親口口聲聲為他好，而其實都在為自己打算時，他很難不困惑，但也不願意說破，更不想費神再細究她真實的意思。因為也許連媽媽自己，早就都搞不清楚真相了。

但這回他太氣了，氣到失去理智，才會罕見地在媽媽面前，暴露自己真實的感受。

如果，說真話會讓人受傷，我們該勇敢說嗎？而我們，又能承擔說真話的後果嗎？

他想，他不能。

當看見母親失去意識，臉色慘白地被推入急診室，他就是再鎮定也被嚇慌了，手足無措且極度厭惡自己。

原來，愛情讓人柔軟，也會令人凶殘。怕心愛的人受傷，他就是再安靜寡言，也會瞬間化成猛獸瘋咬對方。

而親人，為何如此？明明感情深，卻免不了互傷？明明是最該坦誠相待的關係，卻因恐懼失去對方，變成互相拉扯勒索的糾纏。

最終，吳心蓮這一病，讓他們妥協了。

他們擱置自己的好惡，搬進媽媽挑選的新房，按時繳房貸，說服自己人生除死無大事，他們應該知足。

這一回，陶紘歌也嚇到，她很害怕，怕剛結婚就辦喪事，要是把婆婆氣死，他們一輩子不會好過。

記得出院時，醫生叮囑他們：「高血壓的人要控制情緒，別讓老人家太激動，萬一腦中風就麻煩了。回去後要盯著她，降血壓藥要按時吃。」

經此事，陶紘歌做出決定。

「以後跟你媽的事，我來協調。你講話太直，她聽了受不了。」

「可是我不希望委屈妳。」

「不會啦，只要耐心溝通，沒事的。萬一你不小心把你媽氣死，你後半輩子能安心？」

—♡—

高血壓成了吳心蓮的護身符跟任性豁免權。

每次跟婆婆有矛盾，陶紘歌總是退讓不反抗。她安慰自己，沒事，婆婆說了做了什麼，房子如何家具如何，都是身外之物，不要因為身外物毀了最珍惜的人。

她愛方同舟，真愛無敵，什麼都可以克服；如果克服不了，那就是不夠愛。只要更努力愛下去，就能消滅所有難題。

但她高估自己了。她能對婆婆種種踰矩的言行忍讓不計較，卻沒辦法承受每次讓步後，腦中不斷反覆回想，盤桓不散的委屈跟憤怒。

當別人朝妳射箭，妳受傷不反擊，當下算是和平解決了。過後，妳卻會朝自己射上第二枝、第三枝……無數枝利箭折磨自己。那些憤怒委屈不發作，不代表它們消失；過後只會因為不甘心，一遍遍反芻受害過程，嚴重內耗自己的身心。

歲月催人老，也逼人狠。陶紘歌對婆婆溫良恭儉讓，但許多微小刺激，被勉強的瑣碎事漸堆砌出恨意。

吳心蓮是晨型人，常不告而至，她一早就驚見婆婆現身客廳張羅早餐，還一再叨唸要他們把黑糖送走，說黑貓不祥。

方同舟還嘴。「以前奶奶也說斷掌的女人不祥，害妳傷心，為什麼現在妳拿這種迷信來講？」

跟兒子叨唸無用，吳心蓮開始轉攻媳婦，每回見面都要叨唸他們的生活方式飲食作息環境擺設幾時生子。

她對紘歌還沒生孩子不爽，常不告就來，自己用鑰匙開門，甚至帶朋友來唱歌，參觀她大氣買給兒媳的婚房，擅自以她烹飪的飯菜捅爆冰箱，得知紘歌吃不完分送給鄰居時還大抓狂：「怎麼可能吃不完？妳就是連微波給我兒子吃都懶！」

唉，紘歌沮喪。婆婆不知道，方同舟喜歡清粥小菜，對媽媽那些複雜的功夫菜，常也是皺眉難下嚥。

但她要怎麼說？說妳兒子討厭吃妳做的菜？

每回拜託吳心蓮來要關好陽台紗門，怕貓兒跑出去，她總忘記。但是當紘歌外出，鎖上臥房門，吳心蓮竟然不高興了。

「唉唷，藏金子嗎？又關又鎖，怕我偷啊？搞笑欸，房子都捨得買給你們了，還會偷妳東西？」

陶紘歌總是尷尬地笑著敷衍過去。真相是她跟同舟工作忙時，房間亂還沒收拾，她羞於曝光才上鎖，誰叫婆婆常自己跑來還帶朋友參觀？

除了這些肆無忌憚的騷擾，更讓她憤怒的是吳心蓮不尊重她，擅自拿親手製作的各種物件裝飾她家。編織的抱枕套，手摺的廣告紙鳳梨球，去長青班美術課繪製的油畫，……婆婆拿來裝飾她家，像要竭盡全力在她的地方宣示主權，好像她陶紘歌只是借住的傢伙，而婆婆才是這個家的女主人。

日子過去，她消極面對，竟助長了吳心蓮的氣焰。吳心蓮講話越來越不客氣，催生未果，開始人身攻擊。

「你們婚前沒先做健康檢查嗎？有沒有可能是妳以前在電視圈太亂……影響生育？」

陶紘歌當下用力深呼吸，當作沒聽懂其中玄機。

事後回想，越想越氣。儘管她低聲下氣，不跟老公哭訴，然而軟弱遷就沒讓婆婆更喜歡她，只換來更多對她的羞辱。而她對婆婆次次的遷就忍讓，也是次次的累積恨意。

每一次隱忍都更添怨念。恨意跟怨念，讓紘歌滄桑了。

經歷這些，不斷反芻憤怒，心也磨得越來越硬。

再然後，笑起來不純粹，愛下去亦不全面。當敷衍婆婆也會累，在家亦難放鬆時，方同舟與陶紘歌不再彼此坦誠。

曾經的親密都被無形壓力沒收，加上他為了有更多收入，接了軟體開發工作，在家時間少了；有時半夜，客戶一通電話來了又要緊急趕去處理。

鴻溝逐漸拉大，因為她有太多難言之隱，因為她總心事重重，因為她自我懷疑，是不夠愛老公才會計較婆婆的言行？懷疑真愛應當包容對方的一切，但非要包括這種婆婆不可嗎？

她好疲倦，常睡著睡著就偷偷到陽台發呆，自顧地哭起來。

當初是自己要老公別介入她跟婆婆之間，更不必幫她說話，怕他跟婆婆起衝突會造成遺憾。但這些憤怒委屈都不處理，全囤在心裡，感覺就像抱著越來越沉的石頭，一直下墜，沒有止境。

她很難想像，就這麼過上十年二十年三十年，她有時甚至盼望婆婆早死，然後又因這可怕的想法內疚自責。

這已不是她當初想的那種婚姻生活，她只是想簡單地好好愛一個人，沒想到每一個人背後都還有著其他人。每一個人都不是憑空就長成如今的自己，每一個人看似單純，其實都有自己的恩怨情仇愛恨拉扯。

不管愛誰，哪有簡單的？

陶絃歌懷疑這才是婚姻的真相，也許每樁婚姻都千瘡百孔，她沒有比較可憐。她這樣安慰自己，繼續忍耐，直到黑糖失蹤才終於失控。

當時對婆婆累積的所有怨恨，她張嘴吐露，如一次劇烈嘔吐。

在吼出對婆婆的不爽後，竟換來吳心蓮的震驚不解。

「既然這麼不爽我，幹嘛都不說？裝什麼乖，妳真可怕。」

有這麼震驚嗎？陶絃歌啞然失笑。「難道媽會不知道自己都做了什麼，說過什麼？媽沒做人的普通常識？又不是三歲小孩，所以不懂『尊重』兩字？」

少裝得這麼吃驚，又不是傻瓜，不要用「妳不知道」來唬爛。她恨道：「媽不是不知道，媽是根本不把我當回事，才會不尊重我！」

「天大誤會，我哪裡不把妳當回事？我什麼都敢跟妳講，我這麼直，就是因為把妳當自己人疼——」

「是嗎？那我現在也來疼疼媽。我超討厭媽煮一堆東西，我們根本吃不完，只能都倒掉；更討厭妳進臥房亂動我東西。還有，妳管我會不會煮飯，我跟同舟就算只吃個便當也開心。順便告訴妳，我都快三十五了，我們不打算生孩子。還有，妳那些朋友唱歌難聽得要死，還開那麼大聲，害我超丟臉。妳畫的油畫，妳編織的抱枕那些我都不喜歡，妳可以拿回去嗎？怎樣，我也是把婆婆當自己人，感覺是不是好舒服？」

瞧，她也變狠人了。要吵架，她不會輸。要辯？她更強。她本來想當一隻軟萌的貓，偏要把她逼成虎，現在被咬痛了吧？

吳心蓮被她一連串怒吼轟得腦子嗡嗡響，也炸了。既然已開撕，她也不客氣了。

「既然妳都不知好歹了，我今天就說開了，不用再顧妳面子了！陶紘歌，妳都做了什麼，妳自己心裡有數！」

「我怎麼了？」

「如果不是心虛，當年有必要慫恿我兒子跟妳閃婚？我了解我兒子，他不是會衝動的人，是妳逼他閃婚。」

「逼什麼？他未成年？我架著他脖子娶我？」

「我怎麼想都覺得妳動機不純，一看到我兒子這塊肥肉，就把工作辭了巴上去，每天爽爽過日子，睡到中午才上班。」

「我中午上班，是讓他可以去休息，時間跟他錯開這也有錯？」

「話都妳在說，我知道我兒子疼妳，他就是太厚道，才被妳吃得死死的！妳不是不想生，我清楚得很，妳是生不出來！看妳這麼倒貼我兒子又急著閃婚，就知道不是什麼正經女人。在電視圈工作，私生活又不檢點，也不知道乾不乾淨?!」

紘歌怒吼：「拜託不要自己腦補，把別人想這麼複雜！」

「因為太單純只會讓妳們這種壞女人騙！妳閃婚就是怕日子拖久了，好不容易找到的長期飯票飛了！也是，就憑妳的條件，要找到像我兒子這樣的太難了，妳知道有多少更優秀的人喜歡他嗎？那個譚敏敏還是美國的工程師，人家月入多少啊，那是上百萬的年薪啊！我兒子娶妳，早出晚歸辛苦得跟牛似的，他以前根本不用這麼累。」

「那不都是妳害的？害他背房貸，讓他除了開店還要做軟體開發，早出晚歸，我們根本沒有生活品質！」

「我害他？他現在辛苦點，以後房子也是他的，誰不是這樣？總比繳房租給別人好。再說了，我買房子給你們，妳識相點就該拿錢出來。我們鄰居陳軍鈞結婚，他媳婦從娘家帶三棟房子給他們，妳娘家給了什麼，別說連個車子房子都沒有，就連女兒都不健康，生不出孩子。」

「原來妳在意這個？那請問我們有跟妳要聘金嗎？」

「妳什麼條件敢要聘金？妳瞪我幹嘛，心虛了？全被我說中了！如果妳清清白白健健康康，就不用耍閃婚這種手段。要不要我打電話讓親家自己來說說看，看他們女兒這樣對婆婆合理嗎？應該嗎？」

吳心蓮拿出手機，陶絃歌一把搶過來砸地上。「妳幹什麼！」吳心蓮尖

嚷，撿起手機。

「好，妳打啊，妳打。」陶紘歌也拿來手機。「我也讓妳兒子回來，讓他親眼看看他不在時，他媽都什麼德性！」

「妳不准煩他！」吳心蓮怒拍她的手。

她笑了，那是壓力巨大後，崩潰的慘笑。「原來妳也怕兒子看到妳的醜態，私下妳就是這麼在羞辱他的老婆？」

「陶紘歌，妳覺得無辜嗎？覺得我是惡婆婆嗎？我不是，我本來也想喜歡妳，是妳自己造的孽，是妳先挑撥我跟兒子的感情，是妳先讓我委屈的……。」吳心蓮忽然就哭了，哭得陶紘歌莫名其妙。

「我沒有！」

但吳心蓮是真的傷心。「我一直體諒妳，我都不說破，因為我不想讓兒子難做，所以我不提……。」

「我沒挑撥你們，我對媽問心無愧。」

「妳以為我不知道？妳慫恿阿舟換掉網銀密碼，怕讓我看他戶頭。妳讓他防著自己的媽媽，妳這樣挑撥我們母子感情，不怕遭天譴？」

兒子出社會後，直到開店前，都是她在保管跟處理兒子的財務。兒子的薪資、獎金紅利，她都清清楚楚。就算後來因為開店由他自己處理了，但網路銀行只要登入，兒子的存款、各項金流異動，她都清楚。兒子就是這麼信任她這個媽媽，直到他娶了紘歌，把密碼換掉了，對她有了防備。

發現密碼更換的當下，吳心蓮儘管不提，但心如刀割。有了老婆沒了娘，現在對兒子來說，老婆是自己人，她這個老媽子反而不能信。

原來她傷心這個？紘歌解釋：「換密碼是他自己的決定，跟我沒關係。」

「有這麼巧？婚前他存款多少隨我看，一跟妳結婚，就把密碼換掉？不是妳慫恿會是誰？怎麼，怕我知道妳要A走他的錢？」

「他為什麼換密碼？不就是因為媽不問他就買房子？他防妳也應該的，誰知道媽會不會哪天衝動又幹了什麼事？現在詐騙又那麼多，他當然要小心。再說了，就算換密碼，每個月我都有準時把房貸跟孝親費匯到媽那兒——」

「所以妳知道密碼，所以他的錢現在都妳在管了？我就知道，這就是妳的目的，我兒子笨，他被妳設計了！」

陶紘歌意識到自己失言了。婆婆不知密碼，媳婦知道，這在本就多疑的婆婆心中，無疑又添柴火，怒火燒更旺。

吳心蓮恨道：「難怪妳要他換掉密碼，就是為了不讓我知道，好控制他的錢。我兒子太可憐，娶了妳這個心機女。」

唉，百口莫辯。方同舟常外出處理客戶問題，不方便匯款又怕忘記，所以都讓她幫著轉帳，但這尋常事，在他媽這兒都走樣了。

原來當一個人存心要討厭妳，決心要黑妳，是怎樣都可以找到理由，信手拈來都是材料。連當初為愛衝動的閃婚，都變成有心設計的騙局。

陶紘歌好累，懶得解釋了，反正千錯萬錯都是媳婦有錯。

「媽妳回去，我不想跟妳吵了，妳有被害妄想症。」

「先是詛咒我得老年痴呆要吃貓大便，現在又罵我有被害妄想症？有妳的，妳了不起，被我揭穿，反駁不了就趕我走。這招厲害嘛，妳如果覺得委屈，那就證明我說錯，生個孩子證明啊？不然妳去做個檢查讓我看報告，確定妳的子宮是健康的，妳敢嗎？」

有完沒完了啊？紘歌苦笑。「我為同舟可悲，有妳這種媽媽，他該有多麼寂寞。他的女朋友都是這樣被妳攆走的吧？但我不一樣，隨便妳怎麼想好了，我不會去做檢查，因為我這個子宮是裝飾用，不是拿來裝孩子。」

「什麼？裝飾？」

「還有，我本來還有那麼一瞇瞇的可能，考慮生孩子。今天聽完妳這些話，我直接給自己心理 TNR 了。」

「T？T什麼？」

「TNR。Trap 捕捉，Neuter 結紮，Return 放回。也就是說我 Trap 婆婆您說的這些話，Neuter 結紮了自己的子宮，Return 放回子宮我終身不用。我有效控制人類在地球的數量，為碳足跡盡一份心力。」

「妳故意講這些我聽不懂的羞辱我！」

「對，就羞辱妳，就像妳羞辱我那樣地羞辱妳。妳覺得我用盡心機在殘害妳的寶貝兒子，那就睜大眼睛看仔細，看我晾著這個不用的子宮，殘害他一輩子，看他下場是不是像妳詛咒的悲慘。妳要活久一點才能保護他，不然妳兒子還不知要被我怎麼虐待。」

吳心蓮瞠目結舌。以前噴兒子的女友們從未輸過，這是頭一回罵輸，張大嘴巴好半天都接不了話。

陶紘歌是一座熱情的火山，但真被逼瘋了，就成了瘋狂火焰山。

這天，她忘了後果，狂妄地發洩了，罵人的潛力都被激發出來了。但事後精疲力竭，只剩害怕跟空虛；怕方同舟生氣，怕婆婆氣病了，還怕往後婆媳見面尷尬，於是又凶猛地責怪自己為何不忍住？不斷反芻爭執時不該說的那些惡毒話，反芻到自己像遭了千刀萬剮破裂又虛弱。

她是一陣龍捲風，在愛裡。

她是一陣龍捲風，當恨起來時，也想捲死自己。

醜陋的話像髒水潑出去了，覆水難收。吳心蓮被她罵到哭走了，她自己也不好過。那晚，方同舟深夜回來，得知黑糖失蹤也急著幫忙找尋。他沒提婆婆的事，陶紘歌忐忑，也不敢問。

究竟是婆婆沒告狀？還是他體貼不談？這麼惴惴不安、壓力巨大地過了兩日，當黑糖一找到，紘歌立刻打電話跟婆婆道歉。

婆婆也冷靜下來，難得示弱了，願意原諒她。但沒想到，這次衝突毀掉她的婚姻。方同舟提離婚，究竟是他們的愛情太脆弱，還是他根本就不愛我？

想當初她大言不慚主動求婚：「娶我，你不會後悔。」

方同舟，你後悔了吧？你對我失望了？

但我原本是真想讓你幸福的，沒想到最後卻帶給你痛苦。

到底當時哪來的天真勇，誤會自己有堅強實力，能讓愛雋永？然而婚姻不如想像，不美麗歸不美麗，她也沒想過要棄守，他卻堅持要結束。

當初那個讓她悸動愛慕的男人，已不再安穩可靠。

當然，她想，在他心裡，她肯定也不再美麗了吧？

曾經凝視彼此，眼裡的熾熱與笑意呢？曾經窩在店裡，長桌前挨著吃美食的歡樂呢？那種會因一起用簡訊傳情，就自以為是最特別的，那樣曖昧甜蜜的悸動呢？

光陰流逝，歲月度痴人，自以為特別的戀人，後來就跟那些分手的戀人一樣，輸給現實，敗給時間。

月老箴言

007

下

愛情讓人柔軟，也會令人凶殘。
明明感情深，卻避不了互傷，
恐懼於失去對方，
卻變成互相勒索的糾纏。

05

在一個陽光燦爛的早晨，他們不攜手但同路地前往戶政事務所，將離婚手續辦妥，換到嶄新身分證，彷彿什麼也沒發生過，配偶欄留白。只有他們自己心裡清楚。

經過你，我再不是當初的那個我。

陶紘歌心中悲涼。因為你，我已掏空自己；因為你，我賠光勇氣。愛你讓我幾乎死過一次，輪迴一遍。最終，我成為枯萎的人，只剩皮囊。

方同舟，你真厲害，而我好失敗。

她同意離婚，帶上行李，抱起黑糖，交出鑰匙，準備回爸媽家住。

方同舟收下鑰匙，在戶政事務所前，他們告別。

高春華開車載紘歌離開。她曾作證他們閃婚，三年後，又在他們的離婚協議書上簽字。

車駛離，陶紘歌沒回頭。在車裡，黑糖趴在肩頭，隔著車窗玻璃，一直望著方同舟，小聲喵嗚，像明白要跟爸爸分開了，小爪子緊抓紘歌肩頭，尖銳地刺著她。

她頭也不回，淚流滿面。

方同舟目送他們，直至車子消失馬路盡頭。

紘歌，願妳順遂。

他在心裡輕聲說，神色坦然，彷彿對自己的決定很自信——這才是最好的安排。

—♡—

中秋節這日，吳心蓮從市場採買完，就到兒子家。氣喘吁吁地拎著大包小包的菜走入電梯，上樓後，拿出鑰匙開門。

上次跟媳婦大吵一架，事後電話裡和好，但心裡有疙瘩。她也知道自己過分了，所以進到屋裡，澆完窗台花草，立刻關好紗門。不過，沒見到那隻貓。

走到他們房間推開門，她發現鎖住了。好，了解，尊重妳的隱私嘛，OK，我不計較我大器。有哪個婆婆像我這麼明理？為了兒子，我忍。

到廚房開冰箱，果然，一陣子沒來，裡面空的。兒子到底都吃什麼活啊？嘖嘖嘖，把晚上要烤的肉備好，蔬菜洗過切妥，浸米燉肉。傍晚開始大鍋煮食，忙到晚上，兒子回來了。

「媽買了月餅放在桌上，等一下烤完肉吃。絃歌呢？怎麼沒一起回來？」

「她有事，我們自己過。」

「喔，好。就跟去年一樣嘛，她回去跟她爸媽過，我無所謂，你們夫妻溝通好就行了。反正我管不了她，我知道她就怕留下來要幫我。」

前年中秋，吳心蓮約朋友一家來過節，那回絃歌陪著上市場採買，又幫著醃料烤肉收拾善後，大概是嚇到了，翌年中秋就說要回去跟爸媽過。她懂，這媳婦就是金枝玉葉小公主，兒子也捨不得她吃苦。

「你告訴她，我啊，以後找人來都會先跟她稟告，徵求同意才敢帶來。她要的尊重，媽媽照辦。假如她討厭廚房那些事，行，一個碗都不讓她洗，像這種髒活都讓媽來。我想通了，只要她跟你開心過日子就行了。反正我老了，再活又有幾年？最後是她陪你到老，老媽子又老又病，最後就是個累贅。唉，咱不怪她，誰會喜歡老東西？」

話說得很酸，方同舟坐下，倒水喝。吳心蓮過來也坐下，繼續叨唸。

「以前媽是怎麼當人家媳婦的，你可是都看在眼裡，有她這麼囂張的嗎？跟婆婆講什麼隱私，我以前連自己的房間都沒有，要陪你生病的奶奶，整晚睡她房間地板。」

方同舟不回話，但即使不附和，媽媽還是講得很起勁。

「今年母親節，她不也回她家過？兒媳婦不幫婆婆慶祝，我有唸她什麼嗎？不是我愛計較，但她真是把我們吃得死死的。你是討老婆來顧家，還是來當公主？上次跟我去菜市場，你知道她連蔥跟青蒜都分不清嗎？我以前怎麼提醒你的，不會做飯的女人不能娶！你喔，挑女人的品味真是。」說半天，發現兒子都沒反應。「你有沒有在聽？」

「嗯。」

「怎麼？她還在氣我嗎？這幾天都給你臉色看了吧？唉唷……。」心疼地撫摸兒子臉頰。「都瘦了，貓不是已經找回來了嗎？」

貓跟她都走了。方同舟打開皮夾，取出身分證放桌上。

「怎麼？」吳心蓮翻看，發現配偶欄空白。「你們……？」

「我們離婚了。所以，陶紘歌不再是妳媳婦。中秋、母親節、過新年、妳的生日，都跟她沒關係了，別去煩她。」

他拿來母親手機，刪除紘歌的電話號碼，又調出LINE通訊，看見她跟紘歌的對話，密密麻麻都是指使紘歌幫接送陪採買，或是轉發求子祕方、傳統媳婦指導文。

方同舟清空對話，刪除聯絡人。

紘歌，妳自由了。

妳都不說，但這些應該讓妳很煩吧？

吳心蓮嚇得不輕，癱在沙發。「婚姻是兒戲嗎？這種事怎麼可以不先跟我商量？」

「有必要嗎？」他苦笑。「媽幾時稀罕我的意見？」從小到大，只要認為對他好的事，就自動忽視他的感受。「妳以前說，等我大學畢業就不管我。後來又說，等我結婚娶老婆，妳就放手，讓另一個人負責我生活。好，我結婚了，但妳還是一樣，從買房到生孩子，都有意見。」

「你是怪我害你們離婚？你叫紘歌來，現在過來，如果她要媽道歉，媽就道歉。」

「媽。」握住她雙肩，方同舟冷靜但堅定地盯著她。「我沒怪妳，我就是不想過這種日子。我不適合婚姻，也不想勉強。」

「是因為貓的事，所以她要離婚？」

「提離婚的是我。」

「阿舟，」握住兒子手臂，她眼眶紅了。「你老實講，是因為她罵了媽媽，所以你要跟她離婚嗎？你不用因為這樣跟她離，媽沒那麼在意啊……她罵她的，媽會為了你忍耐，你犯不著為媽媽出氣就離婚——」瞬間，吳心蓮像犯錯的孩子，一下子六神無主了。

是，她是愛嫌，也看不慣兒子寵媳婦，更看不慣陶紘歌很多事，但總的來說也沒討厭到要他們離婚。

方同舟拍拍她肩膀安撫她。「沒事，妳看，我很好。但有件事要拜託媽幫忙。」他拿出資料。「這是我查過關於這房子合理的售價，還有附近合法的仲介公司，拜託媽媽賣掉這間房子，現在賣應該可以小賺一點。那些錢媽可以留著，我們解除房貸壓力，好嗎？」

「可是房子放著還會漲。」

「我不想住這裡，也不想扛房貸了，算我拜託妳。」

「可是賣房子，紘歌同意嗎？她是不是跟你要贍養費？」

「一毛都沒要，她不覺得自己屬於這房子。」自始至終，她都沒愛過這房子，跟他一樣。

方同舟沒告訴母親，紘歌確實沒要贍養費。

但今日，他將婚後共有存款全匯入紘歌的戶頭。

在和媽媽談完後，了卻一樁心事，他從冰箱拿出紘歌留下的寶礦力，推開紗門，站在陽台啜著她最愛的飲料，冰涼清爽的微甜滋味。天空是一輪白亮圓滿的月。

現在，紘歌在做什麼？

和她親愛的爸媽過中秋嗎？

她再也不用遷就婆婆了。

手肘擱在花台，他托著臉，欣賞月色。

她就該像那滿月，明亮自在地綻放屬於自己的光芒。那是他最欣賞的她。

沒錯，婚姻是他主動結束的。但它在更早前，已千瘡百孔。

在這樁婚姻裡，絃歌不知道，他一直害怕著，怕這婚姻繼續下去，她會變得跟不幸的母親越來越像。

他沒有父親的記憶，媽媽懷胎九月時，爸爸因工地意外去世。親戚都說媽媽斷掌，爸爸是被剋死的。幼時，只要奶奶喝了酒，就會跟媽媽發脾氣。

「斷掌的查某就是不能娶，係妳害死我兒，掃把星歹命的……！」

媽媽從不反抗，即使爺爺奶奶再無理，也從不忤逆他們。

「媽為什麼不罵回去？」他替母親抱不平。

「沒關係，媽只要想到你，有什麼不能忍？為了你，再苦都沒關係。」媽媽總抱著他這麼說。

他們寄人籬下，媽媽飽受虐待委曲求全，忍耐的代價是媳婦熬成婆，繼承公婆的房子。但犧牲奉獻久了，全身心為兒子活，最後離了兒子也不能獨活，於是誰和他親近都招她緊張恐懼，怕他被搶走。

媽媽一方面盼他幸福，卻又下意識怕他太幸福將遺棄她。這矛盾又複雜的母愛，像緊箍咒箍住方同舟。但他怎能要求，為他犧牲一輩子的母親，在年邁時必須為自己活？

她不會，她早已忘記怎麼關愛自己。

為了他，媽媽活成一個悲劇。現在，難道要眼睜睜看絃歌為了他，也活成另一個悲劇？他無法承受。

「為你好」，是壓力。

「為我好」，但我一點都不好。

方同舟重視每個人的自由，因為他親身經驗到，當一個人為了誰犧牲奉獻到失去自己，置身其中的當事者，其實很痛苦。當你都是為了我，我也必須因感恩而為你負責，於是變成互相遷就情勒的關係。

三年婚姻，扼殺當初笑得坦率、活潑爽朗的女子。三年來，她委屈不說，受傷不言，想護他周全，但這只是恐怖平衡。

黑糖只是揭開了壓力鍋，炸開絃歌維持的表面和平。

那日他返家，見紘歌因擔心黑糖幾乎崩潰，他太心疼了。

這樁婚姻在母親介入後，早已走味。他能感覺紘歌婚後越來越不快樂，許多事不說，怕他跟母親衝突。但誰會比他了解自己的母親有多難取悅？

他了解紘歌，除非由他強硬終止，不然她會死磕到底，沒看見自己已傷痕累累。

當初，她想結婚，為了讓她高興，他答應了。如今想來，那可能是他唯一後悔的事。當時在車上，他猶豫一陣，就是顧慮母親。

婚後，他一直想問紘歌：「跟我結婚，妳快樂嗎？」

我的母親讓妳很辛苦吧？

但是問她，她一定逞強說快樂。

而婚姻，又是什麼？

對方同舟來說，婚姻跟他的愛情是兩回事。有人結婚跟愛無關，可以為錢為家族利益，在古代甚至可以為了讓兩國結盟，這裡面不必非有愛情不可。

同樣地，他認為離婚，也跟愛情無關。它只是喪失法律約束，但離婚，可以讓他心愛的人自由，不再是方家媳婦，讓她回歸那個在陶家備受寵愛的女兒，不用再滿足誰的期待，不用再跟誰解釋她的生活。

他選擇放棄婚姻，還彼此自由。他不要紘歌背負「為他好」的命運，怕她變成哀怨愁苦的女人，屆時他也將開始恨起她的隱忍犧牲，恨她讓他的心被內疚跟罪惡感啃食。如同他有時恨母親，不肯愛她自己。

真的愛我，就不要為我犧牲隱忍，別讓自己低到塵埃裡。

「愛」是融入彼此，不是吞滅或稀釋誰。離婚，跟愛不愛她無關。離婚，反而是因為他其實深愛她。

妳莫再當我方同舟的妻，莫再承擔我本有的壓力。

陶紘歌，我還妳自由，請妳重新快樂起來。

—♡—

她很難再快樂起來。

離婚一個多月了，在爸媽關懷下，陶紘歌貌似回復平靜。

高春華幫她剪了短髮染成栗色，顯得更年輕俏麗。現在手機不會再有婆婆騷擾，聽見大門鑰匙轉動聲，也不會嚇得忙找內衣穿，更不用擺笑臉迎婆婆。在自家吃好睡飽也不急著找工作，可是耳朵想念那個極低的嗓音，心裡空洞，睡覺會慌，沒熟悉的體溫依靠，失眠又來了。

紘歌失去動力，廢在家自閉，常癱在沙發恍惚許久，呆看黑糖在光影中追逐尾巴。牠不知傷心，而她失去力氣，想到過往還是要哭泣，不敢相信，他們就這樣分手了。

週六這晚，方同舟到前岳父家樓下，按門鈴找紘歌。

「可以讓我跟紘歌見個面嗎？有事找她。」

陶爸哼一聲掛上對講機，沒開門。他們正在吃晚飯，兩老齊拉下臉。

「他來幹嘛？別讓他上來。」陶媽媽跟陶爸說。

這沉默寡言的女婿，三年前閃婚，三年後不告而離，岳父母難給好臉色。女兒搬回來時，崩潰訴苦，說了很多這些年他們都不知道的委屈，把兩老心疼死了。他們三人同仇敵愾，陪著一起臭罵方同舟跟他媽，這婚離得好！

「妳又不是沒爸媽疼，憑什麼讓他們欺負？」

「就是，就算妳以後啥都不幹在家當公主，媽都開心。」

拐跑他們女兒的壞傢伙現在又找上門，兩老氣呼呼地拒於門外。

「我去看看他要幹嘛。」陶紘歌原本癱在沙發像死屍，一聽方同舟來了便跳起來，忙亂地衝進房間換衣服。

兩老跟進去，在她身後喋喋不休，追著女兒忙亂的身子罵。

陶爸氣憤。「妳去和他講，我跟妳媽不想見他，告訴他以後我們兩家沒關係了，既然婚都離了，別再來找妳。妳是去罵人的，妳化什麼妝？」

陶紘歌在鏡前梳頭打扮抹口紅。

陶媽看著也罵。「幹嘛換衣服？穿什麼洋裝？拜託妳有骨氣點，幹嘛還打扮給他看？」

「我不想讓他看貶。」終於挑中滿意的粉紅洋裝換上，還上了全妝，掩蓋失眠的爛氣色。

她搞了快半小時才光鮮亮麗下樓，出現在他身後。

一見到熟悉身影，眼淚差點落下，忍住快崩潰的情緒，她以冷淡的口氣問：「找我幹嘛？」

方同舟等了許久，正眺望夜空一彎銀月，聽見聲音轉過身來，靜靜打量她。看她精緻妝容跟洋裝，打扮得這麼美？

「要出去？」

「嗯，等一下要跟人出去，我很忙，有事快說。」

「剪頭髮了？很好看。」

「廢話真多。」她沒好臉色。

「要去哪裡？等一下可以順便送妳過去。」

「不用，有人接。」一說完，她耳根紅，眼睛迴避他。

她說謊，方同舟不拆穿，只溫柔地笑望著。「妳看起來很好。」

「關你屁事。」不，她一點都不好，但她絕不讓他得意。「找我幹嘛？快點說。」

「記得嗎？有次我感冒，妳煮白粥，切了鹹蛋給我吃。那個鹹蛋的蛋黃泛著油脂特別香。」

「講這幹嘛？」

「當時我說那是我吃過最好吃的鹹蛋，跟白粥很搭。」

她記得，因為他喜歡，所以後來又去買了幾次。

那攤鹹蛋是製片介紹的，在基隆的信義市場，為了買它要特地一早搭火車去。鹹蛋冰過不好吃，又不能久放，所以每次去都只買兩個，實在是很搞剛。

但現在提這幹嘛？這是聊蛋的時候嗎？渾蛋！

「你到底想說什麼？」

「最近忽然很懷念那個鹹蛋，妳幫我買吧，我買的都沒那種蛋黃。」

「方同舟，你會不會太過分？離婚沒跟你要贍養費，就當我好欺負？」

「我有付。」

「什麼？」

「我有付贍養費，妳沒收到嗎？已經匯入妳帳戶。」他拿手機過來，展示匯款資料給她看。「妳對自己的金流這麼不上心，哪天錢被搬光也不知道。」

陶絃歌看見數字，心跳差點停止。九十九萬？

「你、你幹嘛？我沒跟你要啊？」

「我把戶頭的錢幾乎都匯給妳了，請妳買個鹹蛋不過分吧？」

「我不懂。」

「妳真不懂？九十九是吉祥數啊？」

什麼吉祥數？九十九？愛你九九嗎？什麼意思啦?!她皮膚起疙瘩。難道……買尬，她咚咚咚的心跳超快。

他又說：「等妳買好鹹蛋，幫我送到這裡。」拿出信封，上面地址是台北市吳興街。陶絃歌打開，倒出裡面的東西，一串鑰匙落入掌心。

「鑰匙要收好。」他說：「我租了房子，前天剛搬好。兩房一廳，一間留給妳，房東也說好了，可以養貓。」

她要哭了。「為什麼搬家？新店的房子呢？」

「還給我媽了，我讓她賣掉，已經找到買主，訂金都付了。」

「欸？」她驚駭，他這陣子到底是在……？「你給我鑰匙，還留房間給我？但我是你前妻，我們都離婚了。」

「前妻老婆女友或只是室友，我無所謂，重要是我們在一起。」

「是你要離婚──」

「對，我要離婚。」方同舟走向她，盯著矮自己一個頭的陶紘歌。「難道妳很喜歡我們的婚姻生活？」他瞇起眼，沉聲問：「明明跟我媽處不來，幹嘛硬要當她媳婦？」

紘歌望著他，忽地淚水洶湧。原來他沉默但不糊塗，原來他寡言，但該發聲便會製造出最大聲量。

她低下頭，瞅著腳上高跟鞋。她竟穿上紅高跟鞋？是有多想囂張給他看？她哽咽坦白：「我討厭她，我真的不喜歡她，雖然她是你媽。對不起。」

「沒關係。」他溫柔道：「只要不討厭我就好。」停了幾秒，他又慎重道：「紘歌，我不能沒有妳。」說完，他也紅了眼眶。

陶紘歌蹲下，抱膝痛哭。還以為他誰也不需要呢！

方同舟也蹲下，笑著揉亂她頭髮。「幹嘛哭？」

「你真是很討厭……。」

他笑了，攬她入懷，將她緊摟在懷裡。「妳瘦好多。」

「看是被誰嚇的。」她哭爆。「我要買一百顆鹹蛋塞爆你家冰箱！」

「會鹹死。」

她破涕為笑。「鹹死好。」

握住她的手，方同舟說：「我們回家吧，我家很空，妳要負責布置。」

陶紘歌拿來他的手機，打給爸媽，笑嘻嘻地興奮嚷著：「媽，我今天不回家了喔，明天再跟你們講。你們早點睡，不用等我。」

樓上兩老收到通知，陶媽媽對老公說：「妳女兒沒救了。」愛丟慘死。

「什麼狀況？」陶爸懵了。

「唉，現在的年輕人啊……！」

—♡—

他們離婚了，為了做回快樂的情侶。

他們又住在一起了，忙著布置屬於自己的小天地。他們依然相扶持，陶紘歌照樣是他方同舟的賢內助，他們的印章、存摺、提款卡放在彼此知道的地方。信任，是他們最重要的資產。

歷經結婚又離婚，陶紘歌明白一切沒白費。她學習到，每個人表達愛的方式不一樣，即使當初是她主動追同舟，但被動的他並沒有愛得比較少。如有需要，他也會不顧一切保護她。

吳心蓮認為她不懂烹飪應該學，否則就是不愛她兒子，但她可以為方同舟跑很遠，買他愛吃的鹹蛋。

愛的方式不同，但心意相同，沒有誰比較正確，都是愛。

紘歌還明白，婚前對婆家付出是義氣，婚後對婆家付出都變義務，成為媳婦應該做的事。她感到荒謬。現在即使沒婚姻約束，遇到吳心蓮身體抱恙時，方同舟分身乏術剛好在忙，她就會說服同舟，讓她前往協助吳心蓮。

她會開車載吳心蓮就醫，替她領藥陪伴看診。她幫忙幫得很自在，反而是麻煩她的吳心蓮好不自在，客氣有禮一直謝，覺得她這個前媳婦很善良。

但這無關善良，這只是紘歌的義氣相挺，為了挺心愛的男人，畢竟是她深愛男子的母親。

現在，陶紘歌跟方同舟有共識，復合同居但不告訴他媽。他們再也不想讓種種雜音，干擾幸福生活。

不知道他們又在一起了，還讓前媳婦陪著看醫生，吳心蓮很不好意思。兒子都跟她離婚了啊，現在她覺得紘歌是好女孩，當初該對她好一點。

不，也不是這樣的，陶紘歌沒變過。

只是一旦安上媳婦身分，她就對紘歌有太多自以為是的期待跟要求。

「要不，你們假如都沒伴，對彼此還有好感的話，乾脆復婚吧？我一定支持。」一日，陶紘歌又陪吳心蓮看醫生時，她有感而發這麼勸。

紘歌微笑。「我們喜歡各過各的。」絕不說他們從未分開，她已不再過分天真，心知肚明前婆婆一時的感動，再也換不來結婚的衝動。

對了，經歷這些，她也更成熟穩重了，不會再那麼莽撞衝動。三思而後行，她學會了。

婚姻？敬謝不敏。

月老箴言

008

平

「愛」，不是為誰犧牲隱忍，
讓自己低到塵埃裡。
「愛」，不是吞滅或稀釋，
是融入彼此。

— 姻緣類型 —

3

累世祈願

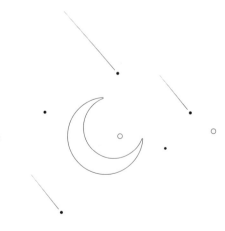

真正的圓滿

牽成♥對象

靠實力單身vs許願求陪伴

「因緣」是讓我們修煉提升的功課

若雙方對彼此都有強烈牽掛，不論是愛或恨

來生都極可能再相逢

即使樣貌改變認不出彼此，但靈魂會記得

01

「你們真搞笑，閃婚離婚現在又同居？」見陶紘歌跟方同舟又好上了，高春華忍不住問：「既然跟他媽關係也變好了，你們也都還這麼相愛，會不會改天又要復婚找我當證人？你們這樣搞下去，我乾脆直接刻個印章讓妳自己蓋。」證人很忙啊，證人平日要開店做生意的啊！

「不會啦！」陶紘歌駭笑，笑倒在春華肩膀。

如今對她跟方同舟來說，就是最舒服的相處方式，婚姻未必適合每個人，因人人背負不同家庭背景跟包袱。

方同舟是他媽媽的王子，她是爸媽的小公主。在真誠的愛裡，他們都是天之驕子驕女，誰也不用委屈誰，重要的是，置身其中很幸福。

高春華認同她的決定。「我也覺得妳還是別再結婚了，他那個媽媽占有欲太強了。反正我也不婚，像我們這樣過日子，也滿快樂的啊，過年過節都沒壓力，多自由。」

「唉……。」幽幽地傳來一聲嘆息。

不妙。她們一齊往旁看，赫見已睡了的高爺爺不知何時拿了一包零食，坐在沙發邊邊考考地咀嚼，一臉愁容。

「爺，你怎麼忽然起來了？」

「我睡不著，沒想到我這麼努力，結果月老偏心，都不幫我。」

「呃……。」高春華陪笑臉。「爺，你看看，紘歌也不結婚了，紘歌跟我一樣，我們老了作伴多好？」

此話不說才好，一說，高爺爺轉頭犀利地注視孫女。「紘歌跟妳一樣嗎？她有伴，妳有嗎？」

「我有爺爺。」

「爺爺老了，爺爺快死了。」

「哈哈哈！」陶紘歌趕緊轉移老人家注意，跳起來跑過去幫高爺爺按摩肩膀。「爺爺真愛亂講話，來，我幫你按摩，按一按您就好睡了。」

「沒錯！」春華也趕緊奔來幫爺爺揉小腿。「這麼僵硬，我幫你捏捏。爺爺不要亂講話，爺爺一定會長命百歲喔！」

—♡—

高爺爺不開心了好幾天，眼看陶紘歌又跟她前夫在一起了，他再次見證月老奇蹟。但他心愛的孫女兒，為何還單身？

想當初，陶紘歌因為拜過月老速閃婚，那陣子在孫女面前，他走路有風。

「妳看妳看，我就說月老很神，妳不信。」

哪知經過三年，紘歌離婚。

「你看看，你看看。」換高春華叨唸爺爺：「月老賜的姻緣也是會離婚啊？不要再拜了，你膝蓋不好。」

可紘歌離婚沒多久，這會兒又和前夫好上了。所以，月老不會錯的！

高爺爺又去拜託月老了。

「唉，我這麼老，可能快死了，乖孫還沒嫁人，月老啊您怎麼還不幫幫我孫女？」

神壇上方，小柴看著也心疼。「老人家都求那麼多回，九爺怎都不幫？」

冤枉啊！九爺嘆息。「我早就幫了啊！」

「欸，那他怎麼還一直來？」

九爺掏出姻緣鏡。「你看，他孫女早就有伴了。」

小柴瞅鏡面，大驚失色。「這、這也行？」

「你等等。」九爺忽下神壇，走向正在點火燃香的女士身旁。「能否請妳傳個訊？」

瘦小的女士停住燃香動作，似聽見月老的話，闔目凝神靜止一會兒，走向跪在神案前的老者。

「請問是高春華的爺爺嗎？」

「妳認識我？」

「您先起來。」女士溫柔地扶起爺爺，從包包拿出紙筆，寫兩行字給高爺爺。高爺爺打開紙條，裡邊寫著一首詩。

「這個請帶回去給您的孫女。還有，月老請我轉告，以後不用再來求了。」

您的孫女很幸福，姻緣早牽好了。」

「哪有？她還單身啊？」

「您孫女看過紙條，近日有夢，就會明瞭。」

「請問妳是──」

「我只是個『傳訊者』。」

高爺爺帶著滿腹疑問離開。

神壇上，小柴還揪著姻緣鏡，幾乎要瞪穿它。

「他很帥吧？」九爺得意道，這姻緣也是他得意之作。

跟在九爺身邊這段日子，小柴早領教過九爺各種奇葩配對，但，這次真不行，他要瘋了。

「人獸戀也可以？」

啪，被九爺巴頭。「什麼人獸戀？看清楚。」

小柴把臉湊近，近到幾乎抵住鏡面。「不行，這樣看眼睛會脫窗。」往後些，睜大眼，沒看錯啊！莫說全知觀點，就是用上全宇宙觀點，鏡裡分明是一頭哈氣吐舌的哈士奇。

「就是一條狗。」

「膚淺，你只見狗的外表，但我們神看的是『能量』。」

能量是咩？聽起來怎麼像神棍？「你幫高爺爺的孫女配條狗？他知道了你這鏡子會粉碎吧？」

「我是幫他們滿願，沒有我，他們不知還要錯過幾世哩！」

「什麼意思？」

「我幫他們牽起的，屬於七種姻緣類型之『累世祈願所得』。」

「姻緣？牠是條狗啊！」小柴驚駭。

「從人類眼睛看來，牠是狗，但神看的是不受外形局限的『能量』。萬事萬物其實都是振動的能量，有的能量明亮活躍，有的黯淡晦暗。且能量永恆不滅，能超越生死。在世間，外顯的肉身會滅亡，人們卻窮盡心力修飾；但其實，內在精神能量更重要，它不只永恆，還有層次高低之分。當兩股能量互相吸引靠近，頻率相似即共振共鳴，就產生你們說的『因緣』。因果相續，緣分遂行，愛恨情仇於焉而生。當我們起心動念，生出善意或惡念，便有了諸多造作，導致能量或光明或黯淡，層次升降也起了變化。於是那些曾經深刻過的感受，即使輪迴重生，在能量層面或者人們說的靈魂裡，其實都記得。」九爺娓娓道來，試圖讓小柴明白。

「意思是，這條狗跟高春華在過去世的關係很不一般？」

「嗯哼。小柴，所謂的姻緣，不是只有刻板的男女夫妻關係，而是累世因果緣分的積累。未了結的，心有所盼就斷不開；沒善了的，就算厭惡，來日又再相會。『因緣』就是讓我們修煉提升的功課。不管相距多遠，心念跟信念能跨世代相隨，願望更是如此。若雙方對彼此都有強烈牽掛，不論是愛或恨，來生都極可能再相逢；即使樣貌改變認不出彼此，但靈魂記得。我們不會沒來由地對某人特別投緣或莫名討厭，也不是無因由就收養貓狗動物。任何相遇，都藏有深意。」

「原來如此，看來這條狗對高春華的執念很深啊，竟然可以追到今生。」

九爺彈一下姻緣鏡，鏡中帥氣的狗兒消失，現出一名女子。

高春華握著動保處狗籠的鐵欄杆，對著籠子裡重傷臥躺、奄奄一息的狗兒啜泣。

九爺柔聲道：「不只是這狗兒對高春華有執念，在高春華潛意識裡，對牠也諸多惦念。所以，我決定滿他們的願，助一臂之力。」

—♡—

當晚，高爺爺把紙條交給孫女，告知廟堂奇遇。高春華正追劇爽吃炸雞，瞥了紙條一眼，叉子掉了，眼淚嘩嘩地淌，高爺爺嚇傻了。

「幹嘛哭？」高爺爺拿衛生紙給她。

「不知道，眼淚就一直噴。」她哭得莫名，像眼淚有自己的意思。

一旁，愛犬湊近舔去淚水，像是要安慰她似的頻頻發出哀鳴，將頭埋進她懷裡。

這晚，春華睡時，摟著愛犬做了夢。

夢中的她身穿古服，與一名軍裝男子在破敗廟裡跪求菩薩。男子是她夫君，將動身往邊境參戰，那裡戰況慘烈，此行凶多吉少。

她跪求菩薩：「不論能否平安歸來，求菩薩保佑夫君免受太多苦痛。」

男子亦虔誠跪求：「吾若死，求菩薩賜我們來生見。不論變成什麼，就算是一頭畜牲，只求能守護吾妻春華，吾願足矣。」

「春華也是，盼與君相守。」

他們一起向菩薩磕頭，咬破彼此食指，滴在兩條手帕，用鮮血寫誓約。

四十七日後，午時三刻，男子戰死沙場，屍體曝於荒野，手裡還抓著染血的帕子。

狂風吹，帕子飄遠，隱約可見血字。

努力愛春華，莫忘歡樂時。生當復來歸，死當長相思。

幾經輪迴，他們不斷錯過，直至今生，月老調動姻緣鏡後，從與高春華相關的眾多姻緣線裡，捋出此緣，滿其所願。

高春華夢醒，看大華趴在自己身旁，睡得安然。

她終於明白，跟大華的相遇，並非偶然。難怪養了大華後，她每天都只想跟牠窩在一起，僅是跟牠依偎著，就感到滿足。好幾次凝視牠純淨的眼瞳，便看見自己微笑的臉。

她親吻牠頭頂傷疤，又在酣睡的狗兒耳邊說：「我愛你。」

謝謝你奮不顧身，只為今生保護我。謝謝你即使頭破血流仍死守諾言，只為與我團圓。原來我們前生曾廝守，祈求來生再續緣，即使樣貌都改，始終還是你啊……。

和一頭帥氣的狗廝守，又怎樣？如果活得漂亮飽滿，自覺滿足，她高春華又何必非得去尋找世俗認定的那種幸福？

倘若這是月老安排的緣分，為了讓我們滿願——春華感謝月老神君。

她，非常滿意。

月老箴言

009

平

姻緣，是累世因果緣分的積累，
也是讓彼此修煉提升的功課。
未了結的，心有所盼就斷不開；
沒善了的，就算厭惡，來日又相會。

月下牽成

人間結緣

02

「左邊點。」

「是的，九爺。」

「唔……再用力點。」

「是的，這樣如何？」

「換另一邊按。」

「好的好的。」

小柴幫九爺按摩肩膀。關爺坐對面，捻鬚瞇眼，納悶看著他們師徒倆。什麼情況？小柴近日反常，對九爺很尊敬。

九爺翻看小柴剛寫好的姻緣簿。「看看，又寫錯字了。這句：『針對陶紘歌的要求，九爺用心（量）苦。』量？是這個量嗎？」拿出超厚辭海丟向小柴。「以後每天抄三頁給我。去！」

「是。」小柴恭敬收下辭海去抄。

「等等。」九爺退回姻緣簿。「你不該將方同舟的媽媽批評得像個沒品的肖婆。」

「啊她就是啊，看她布置的家具多俗氣，對媳婦是非不分，這個婆婆不可愛很惡劣。」

「惡劣？」九爺捲起簿子，猛敲小柴額頭。「多惡劣？有你惡劣嗎？」一下兩下三四下敲打。「你才是非不分，你還想棒打人家的兒子，你最惡劣！」

小柴眼往上瞄，怒瞪九爺，被敲到快犽起來咬神了。九爺停住動作，瞇眼問：「怎麼？是不是好氣，是不是委屈？是不是想說你當時又不是故意的？我是平白無故揍你嗎？我怎麼教的，講多少遍不要隨便給人貼標籤，難道還要我調出吳心蓮的感情史，讓你看看她活成這樣已經多不容易？她是壞人嗎？」

「可能……不是？」

「記得嗎？我們當神，要有全知觀點。」

「是，全知觀點。」小柴想起來了，不能有偏見。

「報告重寫，莫讓上頭老大笑我們蠢，咱們做個明白道理又有深度的神，可嗎？」

「可。」小柴捧著姻緣簿、辭海以及紅腫額頭淡出。

關爺納悶。「他吃了乖乖藥嗎？」真聽話，之前不還挺叛逆的？

九爺嘆。「唉，你不知道他都做了什麼，我差點犯天條要被脫去神格。」

「這麼嚴重？」

九爺將那日小柴如何失控，差點亂用龍頭杖棒打方同舟一事跟關爺分享。

「你知道雷神水神風神全被驚動嗎？差點三神殺來教訓我們。」

關爺震驚。「龍頭杖這麼重要，你怎麼敢讓這個問題生保管！現在呢？沒收了沒？」

「你以為我不想拿回來嗎？」

先前當小柴得知自己誤解方同舟時，他就要小柴交出龍頭杖。但……。

「你對我失望了吧？」小柴哽咽。之前已經沒收金粉了，現在連龍頭杖都不保，他果然什麼都留不住。「我為什麼這麼無能啊！我真爛！」說著淚流滿面，啪啪啪地怒搧自己耳光。

九爺看傻。這什麼操作，這麼狗血的性子是怎麼成神的？

想當初貪圖方便，將笨重的龍頭杖交與保管，那時他都說了些什麼「寄予厚望」的話啊？現在沒收，小柴受不了，自我厭惡，自暴自棄。

他搧完自己耳光，交出龍頭杖。

「反正我習慣了，我就爛。」垂頭喪氣地蛇到牆角，小柴面牆蹲下，背影散發一團陰鬱氣息。他還微側臉，回望九爺，無辜黑瞳，打腫的臉龐，加上自我唾棄的眼神，淚光閃閃。

九爺活像看到一頭可愛又無辜，犯錯挨了罵的柴犬，所以……。

「拿去！」九爺拾起龍頭杖。「你繼續保管，我對你有信心，我看好你能力。」嗚，真是天譴，怪他當初不該貪圖方便。

關爺拍桌喝斥。「你就是這樣包容心氾濫，才會讓個實習生騎在頭上！差那麼一點就讓個實習生滅入地獄，還這麼輕易就原諒他？你該給他個嚴厲的警告，讓他再也不敢亂來，否則他以後不知還會給你闖出多少禍事？去，把那頭柴犬帶來！讓你看看我是怎麼教訓實習生的！」

「關爺我在這兒……。」

靠——北邊站。兩老驚跳起來，手牽手閃一邊。

但見小柴不知幾時又折返，一手拎著姻緣簿，一手握著毛筆，濡濕的筆尖還滴著墨水，湛湛黑瞳，深不可測地注視他們。搞什麼？這樣盯著，害他們毛骨悚然，這實習生真是教人難捉摸！

「怎、怎啦？」九爺問。

「我已經寫完了極簡跟囤物的簡律師和戴美輪，寫他們透過愛情，療癒了原生家庭創傷。還有陶紘歌跟方同舟，他們是服務型組合，因為愛情讓小愛變大愛，學會如何欣賞各自不同愛的表達。我這麼理解他們，正確嗎？」

「呃，可以的。」

「然後高春華跟大華是為了讓他們滿願才牽線的，是吧？」

「是，很正確。」

「嗯。」小柴闔上姻緣簿，以筆的尾端搔頭。

「又怎麼了？」

「雖然你說不要管，但我真是太好奇了，九爺，可以劇透一些些嗎？」

「劇透什麼？」

「沈醫生。」

「你還沒放下啊？我都說過了，她的姻緣我們無法插手，那是出廠就設定好的了。」

「我就是好奇，到底她那個超級厲害、完全吻合二十一項條件的男人，還要多久才出現？」屆時他要溜去偷瞧瞧。「我就問這個而已，能說嗎？」

「這個嘛……，」九爺拿出姻緣鏡調閱。「很快，再兩個月。」

「我看看他長什麼樣子。」小柴上前。

九爺喝止。「停，乖，向後轉，快把報告寫完，不關你的事不要好奇。」

「我怎麼可能不好奇……？」

小柴嘀咕著回去寫報告了，心裡對那位酷酷的沈醫生牽腸掛肚。

到底那個完美男人長什麼樣？更讓他忍不住一直要腦補的是，理性過度又自信爆棚的沈醫生，她的緣分會怎麼樣發展？

但，那又是另外一個姻緣故事了。

To be continued

國家圖書館出版品預行編目資料

月老營業中 1：靈魂功課／懷疑論者的通靈觀察 原創、張名秀 小說改編 . -- 初版 . -- 臺北市：三采文化股份有限公司 , 2024.11
面； 公分 . -- (iREAD)
ISBN 978-626-358-528-7(平裝)

1.CST: 文學小說 2.CST: 華文創作 3.CST: 愛情小說

863.57 113015127

封面圖像：
由 AI 生成再經設計修改而成

iREAD 172

月老營業中 1

靈魂功課

原創｜懷疑論者的通靈觀察 小說改編｜張名秀
編輯四部 總編輯｜王曉雯 執行編輯｜戴傳欣
美術主編｜藍秀婷 封面設計｜莊馥如
內頁排版｜魏子琪 校對｜黃薇霓
行銷協理｜張育珊 行銷副理｜周傳雅

發行人｜張輝明 總編輯長｜曾雅青 發行所｜三采文化股份有限公司
地址｜台北市內湖區瑞光路 513 巷 33 號 8 樓
傳訊｜TEL: (02) 8797-1234 FAX: (02) 8797-1688 網址｜www.suncolor.com.tw
郵政劃撥｜帳號：14319060 戶名：三采文化股份有限公司
初版發行｜2024 年 11 月 29 日 定價｜NT$420
4 刷｜2025 年 2 月 20 日